셰
프
의

딸

■ 이 도서의 국립중앙도서관 출판시도서목록(CIP)은
e-CIP 홈페이지(http://www.nl.go.kr/ecip)에서 이용하실 수 있습니다.
(CIP제어번호: CIP 2011004798)

셰프의 딸

나카가와 히데코

마음산책

셰
프
의
딸

1판 1쇄 발행 2011년 11월 20일
1판 4쇄 발행 2019년 7월 20일

지은이 | 나카가와 히데코
펴낸이 | 정은숙
펴낸곳 | 마음산책

등록 | 2000년 7월 28일(제13-653호)
주소 | (우 04043) 서울시 마포구 잔다리로 3안길 20
전화 | 대표 362-1452 편집 362-1451　팩스 | 362-1455
홈페이지 | http://www.maumsan.com
블로그 | maumsanchaek.blog.me
트위터 | http://twitter.com/maumsanchaek
페이스북 | http://www.facebook.com/maumsanchaek
전자우편 | maum@maumsan.com

ISBN 978-89-6090-118-6　03810

* 책값은 뒤표지에 있습니다.

요리를 잘하게 된 이유는 집안 내력이라는 둥
어릴 때부터 단련된 미각 덕분이라는 둥
여러 이야기를 듣지만,
사실은 내가 모두에게 사랑받고 싶은 마음이
강한 아이였기 때문이다.

뿌리 없는 풀처럼은…

나는 일본계 한국인도, 재일교포도 아니다. 나는 스스로를 21세기 한일관계의 신종 한국인이라고 생각한다. "국제결혼 정도로 국적까지 바꿀 필요 있어?" 하는 소리도 여러 번 들었지만, 내심 코즈모폴리탄으로 살아가기를 바랐던 내게 국적은 대수롭지 않은 문제였다. 다만 어릴 적부터 언어도 문화도 다른 나라와 일본을 오가며 '뿌리 없는 풀처럼은 살지 말아야지' 하고 끊임없이 되뇌었다. 나 자신으로 살기 위한 정체성을 잃어버리지 않으려고 나름대로 노력해왔다.

이런 나에게 아버지가 프랑스 요리 셰프라는 사실은 든든한 정신적 기둥이었다. 어디를 가든 마음 한구석에는 아버지의 요리가 있었다. 아버지의 레시피와 함께. 그 덕분에 나는 뿌리 없는 풀이 아닌, 보잘것없긴 하지만 코즈모폴리탄으로서 여러 나라를 오갈 수 있었다.

아버지는 일흔여덟이 되신 올해 가을에 비로소 요리의 일선에서 물러나셨다고 한다. 마침 이 책의 출간과 시기가 맞물렸는데, 우연치고는 절묘한 타이밍이다. 나는 아버지처럼 프로 중의 프로는 아니다. 하지만 아버지의 요리 세계를 내 나름의 방식으로 이어받아 앞으로도 쭉 요리와 관련된 삶을 살고 싶다.

연희동 요리 교실에서는 학생들과 그날의 수업 메뉴인 요리를 같이 만들고 먹는다. 함께 만들면 레시피에 적힌 것보다 훨씬 쉽게 만들 수 있다는 사실을 느끼게끔 하기 위해서이다. 그리고 만든 후에는 다같이 요리를 먹으며 미각으로 느껴지는 맛을 체험하고 감상을 공유한다. 첫 숟가락을 떠서 입속에 넣는다. 음식을 씹어서 목구멍과 식도를 거쳐 위로 들어가는 과정을 통해 행복을 맛본다. 소중한 사람들에게 만들어주고 싶다는 설레는 마음으로 서둘러 집으로 가는 학생들의 뒷모습을 배웅할 때면 행복을 느낀다.

아버지가 만든 요리 한 접시에 기뻐하던 나는 그 기쁨을 내 가족들에게도 맛보여주기 위해 요리를 만든다. 한 접시 한 접시를 요리 교실에서 여러 사람들에게 전달하고, 또 그 행복이 다음 사람들에게로 전해진다. 요리를 통해 사슬처럼 연결된 사람과 사람 사이의 관계 속에서 이 책은 탄생했다. 요리하고, 먹고, 마시고, 수다를 떨고, 웃고, 때로는 눈물도 흘려가며 쓴 이 책은 한국 생활에서 얻은 귀중한 만남 덕분에 나올 수 있었다.

한국 생활 17년째이지만 역시 언어란 쉽지 않다. 일본어 원고를 한국어로 옮기는 과정에서 도움을 준 이지수 씨께 감사드린다. 그리고 든든한 지원군이 되어준 가족에게도 고마움을 전한다.

책으로는 나의 요리 맛을 전할 수 없지만, 이 책을 통해 마음속 어딘가 작은 행복을 느낀다면 좋겠다. 또한 각 장의 마지막에 수록된 레시피를 참고로 요리를 만들어 혀로 맛보아준다면 더 바랄게 없다.

2011년 11월
나카가와 히데코

음식은 최고의 휴식이자
의사소통의 수단이며
행복이다.

맛있는 기억으로 삶을 채우다

"정훈이랑 지훈이가 생각하는 '엄마의 맛おふくろの味'은 어떤 요리야?"

엄마가 일본인이지만 아빠는 한국인인 데다 일본에서 초등학교를 두 달밖에 안 다닌 우리 아이들의 일본어는 조금 어설프다. 그래서 한국어에도 있을 법하지만 막상 그대로 옮기면 어색해지는 일본어가 내 입에서 나오면, "'엄마의 맛'이 뭐야?" 하고 되묻는다.

"'엄마의 맛'은 말야, '오후쿠로おふくろ'가 한국어로 '엄마'거든. 엄마가 자주 하는 요리 중에서 이거야말로 엄마표 요리다! 하는 거나, 먹으면 엄마가 생각나는 맛이야."

알기 쉽게 설명하자, 초등학교 6학년생 작은아들은 "음, 나는 명란 스파게티랑 라자냐랑 토마토소스 펜네랑 콘 수프. 또……", 중학생 큰아들은 "나는 로스트비프랑 매시드 포테이토, 라자냐"라고 한다.

"아이참, 엄마는 일본 사람이잖아. 가쓰돈돈가스 덮밥이나 미소시루일본식 된장국나 니쿠자가소고기 혹은 돼지고기 감자조림는 생각 안 나? 꼭 이탈리아 엄마 같잖아. 좀 더 생각해봐."

사실 아이들은 잘못한 게 없는데 내 말투에는 가시가 돋쳤다. 몇 년 전, 아이들이 지금보다 어렸을 무렵 같은 질문을 한 적이 있다. 그때도 지금처럼 '라자냐' '파스타'란 대답을 들었다. 솔직히 그 당시에도 의기소침했다. '아직 어리니까 무슨 뜻인지 잘 몰라서 그런 걸 거야' 하고 스스로를 위로했는데, 이번에도 똑같은 대답을 들은 것이다.

주변의 한국 사람들이나 요리 교실의 수강생들이 우리 집 식단을 자주 묻는다. 정확히는 '어느 나라 음식을 주로 하는지, 퓨전인지'를. 우리 집 일주일 식단은 한일 양국의 퓨전보다는 각 나라의 제대로 된 풀코스로 정한다. 학교 급식처럼 사전에 식단을 짜지는 않지만, 오후에 '저녁 반찬은 뭘로 할까?' 하고 고민할 때에는 먼저 어느 나라 음식으로 할지를 정한다. '오늘 저녁은 한식. 그럼 내일은 이탈리아식으로 할까' 하고. 예를 들어 이런 식이다.

○월 ○일 저녁
콘 수프, 라자냐, 브로콜리 샐러드
○월 ○일 저녁
흰쌀밥, 니쿠자가, 고등어 된장조림, 팽이버섯과 두부를 넣은 미소시루, 시금치 무침
○월 ○일 토요일 점심
야키소바, 달걀국, 주먹밥
○월 ○일 일요일 저녁
흑미밥, 근처 슈퍼에서 30퍼센트 세일로 산 한우 구이, 된장찌개, 김치, 상추

써놓고 보니 스스로도 놀랄 만큼 글로벌한 식단이다. 일본인의 평범한 식사 메뉴란 한국 사람들이 보통 상상하는 것처럼 생선회나 스키야키일본식 전골 요리, 오코노미야키, 우동, 샤브샤브……는 아니다. 내 주변 일본인들의 가정 요리는 좀 더 소박하면서 글로벌한 메뉴로 구성된다. 그런데 왜 우리 아이들은 고기조림이나 고등어 된장조림, 가쓰돈, 오뎅, 미소시루 같은 일본 요리를 좋아하면서도 일본인 엄마의 일본 요리를 '엄마의 맛'이라고 하지 않는 걸까.

한국을 포함한 해외에서 장기간 생활한 탓인지, 일본에 있을 때는 "일본 요리는 간장만 써대서 뭘 먹어도 맛이 똑같은걸" 하고 심술을 부렸다. 어머니가 만들어주신 시금치 무침, 무조림, 냉두부 같은 음식에 관심도 안 가졌건만, 요즘 들어 가끔 어릴 적 마지못해 먹었던 일본 요리가 한없이 그리워진다. 하지만 거짓말을 못하는 아이들은 엄마가 정성껏 만든 일식보다 양식이 더 좋다고 한다. 왜 그럴까.

아하, 콘 수프나 파스타, 로스트비프가 아이들에게 '엄마의 맛'으로 인식된 까닭은 아마 내 혀가 프랑스 요리 셰프였던 아버지께 배운 '아버지의 맛'을 확실히 기억하고 있기 때문이리라. 다시 말하자면 내가 만든 라자냐나 로스트비프가 진심으로 맛있기 때문이 아닐까.

이런 일들을 생각하며 멍하니 있자, 옆에 있던 작은아들이 "엄마, 라자냐 언제 만들어줄 거야?"라고 한다. 또 라자냐다.

아버지는 프랑스 요리 셰프다. 매우 정정하셔서 지금도 아침 8시면 검은 바지에 하얀 요리사 복장으로 집에서 도보 5분 거리의 일터로 향하신다. 아버지는 유유자적 연금 생활을 하여도 좋을 나이인 예순 여섯에, 메뉴에 없어도 주문하면 무엇이든 만들어주는 작은 프렌치 레스토랑을 시작하셨다. 가게에 아르바이트생들이 있긴 해도 메뉴 구성부터 비용 계산, 재료 구입, 요리 준비, 런치와 디너 때의 부엌 일까지 전부 스스로의 힘으로 운영하신다. 하지만 이제 곧 여든인 아버지에게 가게 운영은 엄청난 중노동이다. "내년에야말로 바닷가에 살면서 낚시라도 하며 한적한 생활을 즐길 테다" 하고 단언하셨다지만 요리사의 혼이 그리 쉽게 사라지진 않을 것이다.

아버지는 열아홉 살이던 1952년, 고향 사도섬을 떠나 도쿄 임페리얼 호텔(제국 호텔)에서 요리 수업을 받고 프랑스 요리계의 대부 무라카미 노부오村上信夫 셰프의 제자가 되었다. 그로부터 60년간 요리사로서 외길을 걸어왔다.

현재 니가타현 사도시가 된 사도섬은 제주도 절반 정도의 면적에, 천혜의 자연환경으로 둘러싸여 풍부한 해산물과 산나물이 나는 아름다운 섬이다. 약 400년 전 교토의 궁정 귀족이었던 조상이 정치적

이유로 좌천당해 사도섬에 유배된 집안 내력을 가진 아버지는 이 섬에서 나고 자랐다. 어린 시절부터 누구에게 배우지 않고서도 스스로 생선을 낚아 손질하고, 집 뒷산에서 산나물이나 버섯을 따 와 할머니께 요리해달라고 하셨단다.

"그런데 아빠, 사도섬에서는 정보를 얻기 어려웠던 시절인데 어떻게 도쿄까지 가서 프랑스 요리를 배우려고 하신 거예요?"

셰프, 게다가 프랑스 요리 셰프라는 아버지의 직업에 전혀 흥미가 없었고 진로를 결정할 시기에도 궁금하지 않았는데, 요리로 돈을 버는 입장이 되고서야 처음으로 아버지께 여쭤보았다.

"할아버지한테 프랑스 과자 요리책이 있었는데, 중학생 때부터 그 책을 몰래 보곤 했지. 나도 언젠가 이런 근사한 양과자를 만들 거라고 마음속으로 다짐했단다. 고등학교 졸업하고 나서 할아버지가 내 꿈을 이뤄주려고 지인을 통해 도쿄 임페리얼 호텔을 소개해주셔서 상경하게 된 거야."

당시의 아버지와 같은 나이였을 때 나는 호텔이나 유명 레스토랑의 셰프를 꿈꾸는 소녀는 아니었다. 여러 가지 꿈에 욕심내던, 무엇

이든 이루고 말리라는 의욕에 넘치는 오만한 열여덟이었다. 우여곡절 끝에 결국 아버지처럼 요리가 천직이라고 생각하게 되기까지는 너무 많은 세월이 지나, 프로 중의 프로인 아버지께 큰소리칠 수 없는 입장이 되었다. 지금부터 아무리 노력한다 한들 아버지를 뛰어넘는 요리사가 되지는 못하겠지. 부엌에서 홀로 묵묵히 요리 준비에 열중하는 아버지의 뒷모습은 지금 봐도 멋있다.

"임페리얼 호텔에서 수련할 때, 하루에 백 개도 넘는 감자 껍질을 칼로 벗겼지."

어릴 적부터 아버지에게 자주 들은 말이다. 요리 교실 준비로 고작 감자 열 개의 껍질을 벗기면서 내심 귀찮은 마음이 들 때면, '아니야, 이런 일로 귀찮다고 해서야 아버지께 면목이 없지' 하며 요리에 대한 잘못된 마음을 반성하고 부엌칼을 바로잡는다. 아버지가 겸허한 마음으로 감자 껍질을 벗겼을 모습을 상상하며, 나도 그렇게 감자를 대한다. 정성스럽게 하나하나 감자 껍질을 벗긴다.

양이 많을 때에는 가족이 잠든 새벽녘에 일어나 홀로 부엌에서 달그락 통통 소리를 내며 조리대를 마주한다. 이때가 바로 마음이 정화

되는, 요리에 대한 겸허한 자세를 다시 생각하게 되는 순간이다. 아버지는 묵묵히 부엌에서 일하며, 대체 어떤 마음가짐으로 양파를 다지고 소스를 끓였을까. 여쭈어본 적은 없지만, 분명 "맛있는 음식을 먹기 위해서는 맛없는 작업도 필요한 거란다"라고 말씀하실 것이다. 당연한 걸 왜 묻느냐고 하실지도 모른다.

심술궂은 딸이었던 나는 어릴 적 어머니의 일본 요리에만 불만을 가진 것이 아니었다.

"오늘 저녁은 오랜만에 아빠가 만든 비프스튜야."

"난 싫은데. 비프스튜라는 말만 들어도 속이 쓰리단 말이에요."

만들어주신 아버지께 무례할 정도로 심한 말을 하곤 했다. 사실은 아버지가 만든 '전문가의 맛'이 나는 비프스튜가 너무 싫었다. 하지만 부모님 곁을 떠나 해외에서 결혼하여 한창 잘 먹을 나이인 두 아이를 키우는 엄마가 된 지금에야, 먹을 때 조금은 속이 쓰리더라도 혀와 위가 녹아버릴 정도로 진한 비프스튜를 실컷 먹어두지 않은 것을 후회한다.

1년에 한 번은 일본의 친정에 아이들을 데리고 간다. 이때 아버지표 비프스튜의 출발점인 임페리얼 호텔 비프스튜나 아버지가 직접 만든 비프스튜를 먹을 기회가 생긴다. 특히 외할아버지가 만든 진한 데미그라스 소스 맛을 무척 좋아하는 큰아들은 "엄만 왜 할아버지한테 비프스튜 안 배워?" 하고 묻는다. "엄마가 어릴 적에 비프스튜를

너무 싫어해서 할아버지랑 같이 살 땐 배울 생각을 못했어. 다음에 일본에 가면 꼭 배울게"라고 최근에 약속했다.

요 근래 하이라이스가 아닌 아버지의 손맛이 나는 비프스튜를 만들어보고 싶어졌다. 아버지께 전수받은 레시피 노트와 파일을 몇 번이나 찾아봤지만, 비프스튜 레시피는 찾을 수 없었다. 비슷한 음식이라도 만들 수 있을까 하는 희망에 펴본 프랑스 요리책에는 "스튜는 질 좋은 소고기로 만들면 맛있어진다"라고 적혀 있었다. 그래서 질 좋은 소고기에, 늘 쓰던 조리용 와인이 아닌 프랑스 부르고뉴산 와인을 넣어 정성껏 만들어봤다. 역시 아버지의 스튜 맛은 안 난다. 내가 만든 것은 '뵈프 부르기뇽_{소고기, 양파, 버섯 등을 레드와인으로 조리한 음식}'이었다. 몇 년 전에 본, 요리에 인생을 건 두 여자의 이야기를 다룬 영화 〈줄리 & 줄리아〉에 등장한 소고기조림. 결국 소고기와 레드와인, 채소를 두세 시간 푹 끓인 것만으로는 속이 쓰린 맛은 낼 수 없었다.

아버지의 비프스튜에는 데미그라스 소스가 들어가서 깊은 맛이 난다. 데미그라스 소스에는 프로 셰프를 목표로 수련 중인 요리사가, 스승이 쓰는 냄비 밑바닥에 눌어붙은 소스를 집게손가락으로 찍어먹으며 그 맛을 혀로 외웠다는 그럴싸한 이야기가 떠돈다. 레시피가 있어도 습득하기 어려운 소스라는 얘기다.

데미그라스 소스는 소고기 양지머리와 양파, 당근, 셀러리를 적당히 익힌 후 토마토퓌레_{토마토를 으깨어 걸러서 농축한 서양식 조미료}와 닭 뼈 육수를 넣고 오랜 시간 뭉근히 끓인 소스다. 아버지께 국제전화로 여쭈어가며 몇 번이나 도전해보았지만 결국 헛수고였다. 그러나 아버지는 어떤 요리건 딸의 도전에 "너는 못해"란 말은 절대 하지 않으신다. 어릴 적부터 바쁘게 요리 준비를 하시는 아버지 옆에서, 도움이 되고는 싶지만 어떻게 도와야 할지 잘 몰라 이것저것 귀찮게 여쭤보곤 했다. 그럴 때도 아버지는 결코 "안 되니까 저리 가 있어" 하고 짜증 내신 적이 없다.

데미그라스 소스의 풍미가 깊게 밴 비프스튜 말고 또 하나, 내가 흉내 낼 수 없는 메뉴가 있다. 데미그라스 소스를 끼얹은 오므라이스.

"엄마가 만든 오므라이스는 외할아버지가 만든 거랑 너무 달라. 이상하게 생겼어."

이유식을 시작하고부터 일본에 가면 셰프가 직접 만든 요리를 먹었던 우리 아이들은 내가 만든 오므라이스를 혹평한다. 배가 부른 것이다. 데미그라스 소스는 끼얹지 않았지만 여러 가지 재료를 듬뿍 넣은 볶음밥에 케첩으로 하트를 그린 내 오므라이스도 나름대로 맛있다고 자부한다. 하지만 부드럽게 부푼 달걀로 감싼 밥에 데미그라스 소스를 끼얹어 먹는 오므라이스에 비하자면 내 오므라이스는 경쟁력이 떨어져도 한참 떨어진다.

더 이상 아들들 앞에서 요리 선생님으로서의 자존심을 구기지 않기 위해서라도, 다음에 친정에 가면 아버지 곁에서 데미그라스 소스 만드는 법을 확실히 배워야겠다. 물론 프로의 비법도 슬쩍 훔쳐와야지.

독일에서 살기 전이었으니까 다섯 살, 혹은 여섯 살 무렵의 일이다. 어릴 적에 아버지와 둘이서 장거리 특급 급행열차를 탄 적이 있다. 사도섬의 할머니 댁에서 돌아오는 중이었는지, 어딘가 가고 있는 중이었는지는 전혀 기억나지 않는다. 훌륭한 식당 칸이 있는 기차였는데, 그 식당 칸에서 흰 면 냅킨을 가슴에 두르고 수프부터 나오는 정식 코스 요리를 점심식사로 먹은 기억이 난다. 그때 맛본 크림 콘 수프 맛이 지금도 생생하게 떠오른다.

아주 희미한 미색을 띤 따스한 바닐라화이트의 콘 수프. 편평한 수프 접시에 담긴 콘 수프의 중앙에는 크루통빵을 잘라서 다시 구운 뒤에 정사각형 모양으로 자른 것이 몇 개 떠 있다. 스푼으로 수프를 떠먹을 때마다 크루통이 한 개씩 스푼에 들어오도록 온 신경을 집중했지만, 열차가 옆으로 흔들리는 바람에 잘 되지 않았다. 게다가 말괄량이였던 나는 콘 수프를 한 스푼 떠먹고는 아버지를 보고, 또 한 스푼 떠먹고는 차창 밖을 보며 쫑알거리기 바빴다. 결국 귀 위로 묶은 양 갈래 머리끝이 수프에 빠지고 말았다. 수프가 맛있어서 접시를 깨끗이 비우긴 했지만, 양 갈래 머리끝에는 수프의 달콤한 냄새가 뱄다. 아버지는 기차 식당 칸에서 콘 수프에 양 갈래 머리를 담그고서 쫑알거리기 바쁜 딸을, 잔소리 한마디 없이 싱긋싱긋 웃으며 바라보셨다.

어릴 적 뺨에 닿는 머리카락을 입에 넣는 버릇이 있었던 나는 그냥 갈래 머리끝을 할짝거리며 어머니가 기다리는 집으로 향했다. 집에 도착하자 어머니는 콘 수프로 끈적거리는 머리를 풀어주면서, "똑바로 앉아서 떠들지 않고 먹었으면 좋았잖니" 하고 잔소리를 실컷 하셨다.

아버지께 전수받은 레시피 노트는 내 보물 중 하나다. 그동안 메모지나 노트 한구석에 적어오던 아버지의 레시피를 모아서, 한 권의 파일로 만들어 언제든 볼 수 있도록 곁에 두었다. 요리 교실을 시작하고 나서는 아버지의 레시피보다 나의 레시피가 더 많아졌지만, 요리의 기본에 대해 다시 한 번 생각해보고 싶을 때는 반드시 아버지의 레시피 파일을 열어본다. 육필 레시피 복사본도 있고, 1970년대부터 80년대 중반까지 모은 옛날의 레시피들은 향수를 불러일으키는 등사판으로 인쇄되어 있다. 아버지는 가족과 함께 서독에서 사도섬으로 돌아온 뒤, 레스토랑을 경영하면서 요리 교실도 하셨다. 이 레시피는 아마 그때 사용한 것이리라. 레시피 파일 중에는 추억의 맛인 콘 수프의 레시피도 있었다.

한국에 오고 나서 호텔의 레스토랑을 비롯해 맛있다고 소문난 프렌치 레스토랑이나 패밀리 레스토랑, 회사 식당이나 학교 급식으로 수많은 크림수프를 먹어보았다. 한국의 유명한 식품 회사 제품인 인

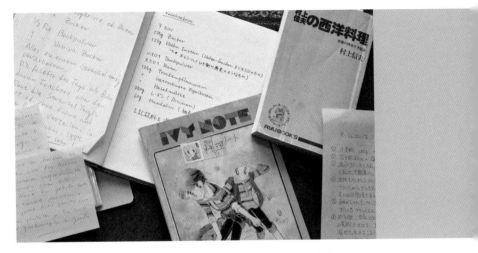

아버지와 나의 레시피 노트. 우리 두 사람의 세월이 이 노트에 담겨 있다.

스턴트 분말 콘 수프도 사 먹어보았다. 그러나 맛있는 콘 수프는 끝내 찾지 못했다. 콘 수프는 충분한 양의 버터로 볶은 양파에, 닭 뼈 육수와 캔 옥수수를 넣고 끓인 후 믹서로 갈고, 우유나 생크림을 넣는 게 전부다. 정말 만들기 쉬운 수프지만 아마도 다른 나라 사람들보다 훨씬 더 건강에 민감한 한국인들에게는, 버섯이나 브로콜리같이 몸에 좋은 채소로 만든 수프가 아니면 상품성이 없는 듯하다. 옥수수에, 버터에, 생크림까지 칼로리가 엄청나게 높을 것 같은 옛날 스타일의 콘 수프는 한국에서 인기가 없을지도 모른다. 그래서인지 한국에

실은 식당 칸의 콘 수프는
맛이 없었는데도,
언제나 먹어왔던
아버지의 콘 수프 덕분에
그때 무심히 지나쳤던 풍경이
콘 수프 맛으로
각인된 건지도 모른다.

살면서 콘 수프 생각이 더 간절해져서, 옛날 스타일의 콘 수프가 먹고 싶을 때면 레시피 파일 책장을 넘긴다. 냉장고에 있는 버터 중 가장 값비싼 버터를 꺼내고, 양파를 잘게 썰고 캔 옥수수를 딴다. 그러고는 식당 칸에 타고 있던 어린 나를 떠올리며 콘 수프를 만든다.

어쩌면 나는 특급 급행열차에서 맛본 콘 수프의 맛과, 아버지가 늘 만들어주신 콘 수프 맛을 혼동하는 건지도 모른다. 실은 식당 칸의 콘 수프는 맛이 없었는데도, 언제나 먹어왔던 아버지의 임페리얼 호텔식 콘 수프 덕분에 그때 무심히 지나쳤던 풍경이 콘 수프 맛으로 각인된 건지도 모른다.

재료도 만드는 방법도 정말 간단한 콘 수프지만, 깊은 맛을 좌우하는 중요한 재료가 있다. 바로 캔 옥수수. 한국에서 살기 시작한 1990

년대 중반, 콘 수프가 먹고 싶어서 크림으로 된 캔 옥수수를 찾아 온 서울을 헤맸다. 미국이나 일본 제품이 빼곡히 진열된 수입 잡화점에서 옥수수가 알갱이로 들어 있는 캔을 겨우 발견했다. 그것도 한 회사의 제품밖에 없었다. 옥수수 알갱이로는 콘 수프의 미묘한 단맛을 끌어낼 수 없을뿐더러, 알갱이가 부드러워질 때까지 삶거나 믹서로 갈아도 되직해지지 않아서 조리하기 번거롭다. 30년 전 아버지가 쓴 레시피의 재료 부분에도 '크림으로 된 캔 옥수수 1캔'이라고 쓰여 있다. 크림 상태로 가공된 캔 옥수수를 사용해야 콘 수프의 깊은 맛을 낼 수 있다.

몇 년 전부터 서울에서도 알갱이 캔 옥수수가 아닌 크림 캔 옥수수를 구할 수 있게 되었다. 몇십 년 만에 크림 캔 옥수수를 찾아냈을 때 나는 아마도 만면에 미소를 지었을 것이다. 서울에 있는 미국계 하이퍼마켓에서 크림 캔 옥수수를 한 다스씩 사두었다. 그 덕에 '일본 할아버지 댁에 가면 먹을 수 있는 음식'인 콘 수프를 서울에서도 한 달에 한 번은 먹을 수 있게 되어 기뻐하는 아들들. 그래도 자주 먹으면 질리니까 가끔씩은 또 다른 아버지표 수프인 '단호박 수프'라도 만들어줘야겠다.

그러고 보니 아버지의 레시피에는 없었지만 콘 수프가 맛있게 끓기 시작하면 딱 하나 해두어야 할 일이 있다. 그것은 바로 수프 접시를 데우는 일. 오븐이나 전자레인지로 데우는 방법도 있지만, 내가 부모님께 전수받은 방법은 끓인 물을 수프 접시에 부어 하나하나 데우는 것이다.

"수프를 내기 전에는 반드시 접시를 데워두어야 한단다. 요리하는 사람의 기본이야."

수프를 먹는 날이면 어머니가 입버릇처럼 말씀하셨다. 요리가 업인 아버지로선 당연한 일이라 구태여 말씀하신 적은 없지만, 아버지의 주방에는 언제나 수프 접시나 디너 접시가 데워져 있었다.

내가 기억하는 최초의 크리스마스 선물은, 장난감 핫케이크 요리 세트다. 옛날 일본 단독주택에 있던 욕실용 보일러 앞에 놓여 있었다. 산타클로스가 프로판가스 보일러용 작은 굴뚝으로 들어왔다고 믿게끔, 부모님이 그곳에 놓아둔 것이다. 비록 장난감이긴 했지만 그 요리 세트는 난생처음 갖게 된 나만의 요리 도구였다.(어머니는 처녀 시절 입던 옷이나 남동생과 내가 쓰던 장난감 등 온갖 추억의 물건들을 애지중지 간직하시는데, 어찌된 일인지 그 핫케이크 요리 세트는 없어졌다.)

핫케이크 요리 세트는 분홍색과 흰색으로 된 플라스틱 제품이었다. 개수대가 있었는지는 기억나지 않지만 조그만 화로가 있었던 것은 기억난다. 전지인지 전기인지를 써서 화로 위에 소재를 알 수 없는 단열성 프라이팬을 올려놓고, 세트에 들어 있던 믹스 반죽을 부으면 작은 핫케이크를 구울 수 있는 장난감이었다. 퍼즐 조각 같은 어린 시절의 그 추억에서 내 기억에 남은 맛은 얇디얇은 핫케이크의 달콤한 맛이다.

또 하나 기억하는 달콤한 맛의 주인공은 휘핑크림이다. 아버지는 한가할 때면 가끔 집에서 우리 가족을 위해서나 지인에게 선물하기 위해 애플파이를 비롯한 여러 가지 케이크를 만드셨다. 일을 거들고 싫어하지만 오히려 방해만 되는 어린 나에게 아버지가 시켜주신 일은 거품 내기였다. 생크림이나 스펀지케이크의 토대가 되는 달걀과 설탕 거품 내기, 머랭^{달걀흰자에 설탕과 약간의 향료를 넣어 거품 낸 뒤 낮은 온도의 오븐에서 구운 것}에 쓸 달걀흰자 거품 내기 등을 셰프의 어엿한 조수가 된 기분으로 진지하게 도왔다.

그 당시 일본에서도 핸드 믹서는 어느 가정에나 있는 일반적인 가전제품은 아니었다. 아버지의 직업상 우리 집에는 당연한 듯 있던 그 핸드 믹서를 마음대로 써도 된다는 게 어린 마음에 자랑스러웠다. 게다가 질척한 흰 생크림에 설탕을 조금 넣고, 핸드 믹서의 '약' 버튼을 누르면 손끝에 느껴지는 진동에 마음을 졸였다. 액체가 소용돌이치고, 거품이 생기고, 크림이 점점 만들어지는 모습을 보고 있노라면, 유원지의 빙글빙글 도는 커피 컵을 타는 것 같은 쾌감도 들었다. 핸드 믹서를 '약'에서 '강'으로 바꾸면 긴장감은 더욱 커진다.

"크림이 부풀어 오르면 멈춰야 돼."

언제나 아버지께 주의를 들으며, 아홉 살짜리가 가질 수 있는 최대한의 책임감을 느꼈다. 핸드 믹서 작동을 멈추며 작업을 마무리했다. 그러고는 아버지 몰래 집게손가락으로 휘핑크림의 가장자리 부분을 살짝 찍어 먹었을 때의 그 맛, 딱 한 숟가락 들어간 설탕 덕분에 지나치게 달지도, 덜 달지도 않은 휘핑크림의 맛은 행복의 맛이었다.

요즘엔 식탐은 없지만 요리에 호기심이 많은 작은아들이 휘핑크림

조수를 맡고 있다. 아마 아들은 거품 나는 생크림이 재미있어서 그쪽으로 이내 정신이 팔리는 것 같다. 하지만 나는 핸드 믹서를 든 손이 위험해 보이면 곧바로 "손을 잘 봐야지, 조심해!", 생크림 거품이 볼 바깥으로 튀면 나도 모르게 조바심이 나서 "그러면 안 돼, 바깥으로 튀지 않게 볼을 기울여!" 하고 외친다.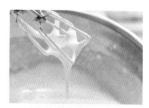

나는 아버지처럼 마음 넓은 지도자는 아닌가 보다. 아들이 거품 내는 동안에는 아들 손에만 신경이 잔뜩 쓰여서 이내 잔소리를 늘어놓고 만다. 아버지가 나에게 그러셨듯이 요리는 즐겁다는 것을 깨닫고 있는 아들을 칭찬해주지 않으면, 아들은 부엌에 들어오지 않으려 할지도 모른다.

스펀지케이크용 달걀 거품을 만들 수 있으면 가능한 게 많아진다. 여기에 버터, 설탕, 밀가루를 1파운드^{약 45g}씩 섞으면 파운드케이크가 되고, 달걀흰자와 노른자를 각각 거품 내어 섞으면 폭신폭신한 시폰케이크, 다크 초콜릿을 녹여 섞으면 가토 쇼콜라가 된다. 오븐만 있으

면 겉모양은 투박하지만 상점에서 산 케이크보다 훨씬 맛있는 케이크를 누구나 만들 수 있다.

거품 내는 과정을 거쳐 오븐을 만질 수 있게 된 때부터 지금까지, 몇백 개라고 하면 과장이겠지만 셀 수 없이 많은 케이크를 만들었다. 용돈이 적어 좋은 선물을 살 수 없었던 어린 시절에는 부모님 생신 선물로 계절 과일과 생크림이 잔뜩 들어간 쇼트케이크를 만들었다. 대학생 때는 신세 진 교수님이나 아르바이트를 했던 가게의 상사에게 감사의 표시로 들고 다니기 쉬운 파운드케이크를 만들어드렸다. 결혼하고부터는 시부모님 생신 때 생신 축하 케이크를, 엄마가 된 지금은 유치원, 학교, 학원 선생님들께 가토 쇼콜라를 선물한다. 다른 엄마들이 사과나 배를 한 박스씩, 떡을 한 되씩 턱턱 선물하는 것에 비하면 파운드케이크 두 개는 변변치 않아 보일지도 모른다. 하지만 내 케이크는 선물하고 싶은 상대를 생각하며, 스테인리스 볼에 달걀을 깨어 넣고 설탕을 더해 핸드 믹서 스위치를 켜서 만든 케이크다. 모든 과정에 정성을 들이면 케이크의 모양과 맛도 훌륭해지지만, 무엇보다 만드는 사람의 진심이 케이크에 스며든다. 진심이 담긴 케이크는 돈으로는 살 수 없는 감동을 전해준다.

올해도 딸기 철이 돌아왔다. 주말에는 대개 부엌에 핸드 믹서가 등장한다. 이 핸드 믹서로 아들이 진지하게 스펀지케이크용 달걀이 든 볼과 생크림이 든 볼에 거품을 만든다. 거품을 어떻게 내었느냐에 따라 스펀지케이크가 폭신하게 부풀지 않을 때도 있고, 반죽이 조금 딱딱해질 때도 있지만 상관없다. 아들의 마음이 담긴 쇼트케이크는 세상에서 가장 맛있다.

어머니는 물건을 오래 쓰신다. 세계 어느 곳에 가더라도 물건을 오래 쓰는 사람이 있기 마련이지만, 어머니가 보관해둔 물건을 외국 갈 때 가지고 가면 어느 나라 사람이 보더라도 깜짝 놀랄 정도다. 그만큼 오래되고 낡은 물건을 깨끗하게 보관하신다. 지난겨울에도 일본에 갔을 때 한국에서 가지고 온 양말이 부족해서 어머니께 빌려달라고 말씀드렸더니, 장롱 서랍에서 내가 중학생 때 신던 긴 양말을 세 켤레나 가지고 오셨다. 무척 좋아하던 양말이라 그 당시에도 애지중지하며 신었지만, 설마 이런 물건까지 버리지 않고 보관해두다니. 어머니의 세심함에 새삼 감탄했다.

이런 어머니께서 지금까지 보관해둔 물건들 가운데 가장 오래된 것은 아마 손바닥에 쏙 들어갈 정도로 작디작은 양은 도시락통일 것이다. 뚜껑에는 고풍스러운 빨간 장미가 그려져 있다. 다섯 살짜리 유치원생 딸의 도시락통에 이런 무늬라니. 그 당시 아이들이 좋아하던 만화 캐릭터도 아닌 '빨간 장미'는 아마도 어머니의 취향이었을 것이다.

어머니께 국제전화를 걸어보았다.

"엄마, 혹시 우리 독일에 살기 전에 내가 유치원 갈 때 들고 다닌 빨간 장미 도시락통 아직 있어요?"

"어머, 아마 있을 거야. 부엌 찬장에 있어. 갑자기 왜? 필요하니?"

설마 진짜 있을 줄이야.

"한국에서 책을 쓰게 되었는데 그 도시락통 사진을 좀 찍으려고요. EMS로 보내주실 수 있어요?"

며칠 뒤, 도시락통이 도착했다. 도시락통만 보내기에는 배송료가 아까우셨던 건지, 손자들이 좋아하는 미소시루용 밀기울과 센베이 같은 가벼운 식재료가 상자에 함께 들어 있었다. 몇십 년 만에 다시 만난 빨간 장미 도시락통. 생각했던 것보다 훨씬 더 작아서 아무리 유치원생이었다지만 요만큼 먹고 배가 찼다는 게 신기하다.

독일에서 살기 직전에 1년 반 정도 일본 지바현에 있는 가톨릭계 유치원에 다녔다. 어머니가 싸주신 도시락을 매일 들고 다녔는데, 내가 좋아했던 반찬은 일본 술의 향취가 조금 나는 달착지근한 계란말이와 닭 가슴살 튀김이었다. 어머니의 튀김은 고등학생이 되어 다시 매일 도시락을 들고 다니게 되었을 때에도 자주 등장한 단골 메뉴다. 한국인들의 술안주처럼 닭다리 살을 육즙 가득히 튀겨내지 않고, 밑간한 닭 가슴살에 녹말을 골고루 묻혀 가늘고 길게 자른 김으로 감싸 바싹 튀겨낸다. 가끔 어머니의 김말이 튀김을 추억하며 아이들에게 만들어주려 해도 도시락을 싸야 하는 바쁜 날에는 튀김에 김을 말기가 귀찮아진다.

일본인들은 도시락을 '오벤토お弁当'라고 한다. '오'를 붙이지 않고

작은 공간을
근사한 예술 작품으로 바꿔놓은
어머니의 도시락.

'벤토'라고만 하면 왠지 말의 울림이 딱딱하게 느껴진다. '오벤토'라는
단어의 울림은 특히 나처럼 해외에서 오래 생활한 사람에게는 무척
그리운 느낌을 안겨준다. 이제 와 돌이켜보니 '오벤토'는 어린 시절 부
모님의 따스한 애정을 확인하는 수단이 아니었을까 싶다.

도시락에는 만든 사람의 개성이 고스란히 드러난다. 전날 남긴 반
찬을 활용하는 경우라도 반찬 재료의 형태, 색 배합, 반찬 위치와 반
찬끼리의 조합, 영양 등 여러 요소를 고려하여 만들어야 한다. 나는
고등학생 때까지 대부분 어머니가 싸주신 도시락을 들고 다녔고, 대
학교를 졸업하고는 곧바로 해외로 나갔다. 직접 도시락을 싼 것은 고
작 대학교 때 점심 값을 아끼기 위해 만든 정도. 지금도 남편이나 아
이들의 도시락을 만들 일이 생기면 엄청 고군분투하여 그럭저럭 호
화롭게는 보이지만, 도시락의 여러 요소를 충족하지는 못한다.

우리 집 도시락은 모두 어머니가 싸주셨다. 육 남매의 장녀였던 어머니는, 천방지축인 나를 혼낼 때 언제나 이렇게 말씀하셨다.

"엄마는 어릴 적부터 사 남매의 도시락을 매일 만들었단다."

'지금은 시대가 변했다고요. 그런 건 이제 자랑거리도 아니라고요!'

나는 얼마나 불효녀였는지. 어머니의 도시락은 호화롭게 보일 뿐만 아니라 도시락에 필요한 모든 요소를 갖추고 있었다. 그 작은 공간을 근사한 예술 작품으로 바꿔놓은 어머니의 도시락. 게다가 맛있기까지 했다. 유치원생 때도 고등학생 때도 어머니가 싸주신 도시락을 먹는 즐거움으로 점심시간을 목이 빠져라 기다렸다.

가끔씩 셰프인 아버지가 도시락을 싸주실 때도 있었다. 저녁 때 남은 반찬을 도시락 반찬에 솜씨 좋게 활용하는 어머니와는 달리, 아버지는 간단히 만들 수 있는 주 메뉴 한 개로 도시락을 싸는 스타일이다. 주먹밥을 싸주실 때도 도시락을 열어보면 거대한 주먹밥 한 개가 덩그러니. 남자다운 도시락이라고 해야 할지. 하지만 남자답기 때문에 그렇게 만드신 것은 아니다. 나도 요리 교실을 열고부터는 아이들의 도시락이나 수제 간식을 대충 만들어줄 때가 많다. 물론 아이들이 학교에서 도시락 뚜껑을 열면 친구들이 "이야, 맛있겠다!"하고 감탄할 만큼 자랑스럽게 만들어주고 싶다. 영양을 듬뿍 담아주고 싶다. 하지만 아침부터 도시락 만들기란 번거롭다. 밖에서는 남들을 위해 요리하는 아버지도 분명 나와 같은 기분이었을 것이다.

나는 25년 전 '셰프의 도시락'을 지금도 기억한다. 내가 고등학교 졸업을 앞두고서 대학 입학시험을 칠 시기에, 아버지는 사도에서 다시 도쿄로 돌아가 프랑스 요리 레스토랑을 시작하려고 먼저 올라가 계셨다. 나는 입학시험 날짜에 맞추어 아버지가 혼자 살던 새집으로 상경했다.

일본의 대학 입시 제도는 한국보다 선택의 폭이 넓다. 나는 문과 계열 사립대학교 시험에 응시했다. 제1지망, 제2지망…… 하는 식으로 수험일이 각각 다른, 대략 여섯 군데 대학의 입학시험을 치렀다. 가고 싶은 학과가 있던 제2지망 모 유명 여대의 수험일. 어머니는 남동생과 함께 사도에 계셨다. 그날 내가 들고 간 도시락은 아버지가 만든 셰프 특제 도시락이었다. 수험 당일 아침이라 도시락 메뉴까지 신경 쓸 여유는 없었다.

아버지가 싸주신 도시락을 가방에 챙겨 넣고 수험 장소인 여대까지 갔다. 오전 시험이 끝나고 드디어 점심시간. 아무리 긴장했을지라도, 아무리 아버지의 도시락일지라도, 어떤 반찬이 들었을까 설레는 기분은 매한가지. 잔뜩 기대에 부풀어 짜잔, 뚜껑을 열었다. 오각형의 뚜껑을 열자 눈에 들어온 것은 도시락 한가운데 새까만 김으로 싼 삼각형 주먹밥 두 개. 주먹밥 주위로 한겨울이라 매우 값비쌌을 새빨간 딸기가 하트 모양으로 놓여 있었다. 순간 너무 창피했다. 다른 수험생들의 도시락을 슬쩍 보고는 곧바로 뚜껑을 덮어버린 기억이 난다. 집

으로 돌아와서 도시락통을 후다닥 씻으며, 얄미운 아버지께 도시락에 대해서 한 마디도 하지 않았다. 아버지의 마음은 아마도, '가고 싶은 대학의 시험이니까 먹기 쉬운 주먹밥이랑 딸기를 한 손으로 먹으면서 점심시간에도 마지막으로 점검하라' 하는 뜻이었을 것이다. 값비싼 딸기는 아버지의 진심이 담긴 응원가였을지도 모른다. 물론 점심시간의 충격 탓이었는지 그 여대 시험에는 떨어졌다.

작년에 작은아들이 다니는 초등학교 체육관과 급식실 리노베이션 공사로 3월에서 7월까지 도시락을 썼다. 난생처음으로 매일 아침 도시락을 쌌는데, 손에 익자 적당량을 기억하여 어머니처럼 맛있어 보이는 도시락을 척척 싸줄 수 있게 되었다. 그러나 요리 교실이 있는 날이면 역시 번거로웠다. 주 메뉴 하나만 있으면 되는 소고기 덮밥, 돈가스 덮밥, 삼색 도시락스크램블드에그와 고기 소보로(고기, 생선살 등을 삶아서 말린 뒤 간을 하여 부순 것), 익힌 녹색 채소 등 세 가지 색깔의 재료를 덮밥처럼 밥 위에 얹어 만드는 도시락에 과일이나 요구르트만 싸주는 날도 많았다. 그런데 의외로 소고기 덮밥을 싸간 날은 학급 전체가 떠들썩했다고 한다. 달걀로 부드럽게 감싼 소고기 덮밥이 학부형들 사이에서도 입소문이 난 것이다. 학교나 길거리에서 학부형들과 마주치면 "우리 아들이 그러던데, 지훈이가 싸 온 소고기 덮밥에 든 소고기가 진짜 맛있었대요. 지훈이가 1등급 한우로 만든 일본식 덮밥이라고 했다던데, 도시락에 한우라니 굉장하네요! 나중에 그 덮밥 만드는 법 좀 알려줘요"라는 말을 듣기도 했다.

깜짝 놀랐다. 대충 만든 도시락이 그렇게까지 입소문이 날 줄이야. 실은 우리 아들이 거짓말을 했다. "오늘은 지훈이가 좋아하는 소고기 덮밥이야. 어제 마트 가니까 수입산 소고기가 있더라고. 맛있을 거야" 하고 정확히 '수입산'이라 말해주었다. 그런데 아들은 친구들이 맛있다, 한입 더 줘, 하며 소란을 피우자 자기 도시락을 더 자랑하고 싶었나 보다. 엄마인 나도 잠자코 입을 다물었다. 아들의 명예를 위해.

라자냐

1 내열 용기에 라구 소스를 두르고 라자냐를 깐다.

2 1 위에 화이트소스를 뿌린 뒤 라구소스를 뿌린다.

3 2 위에 라자냐를 깔고, 다시 화이트소스, 라구소스 순으로 뿌린다. 마지막으로 라자냐, 화이트소스, 파르메산 치즈 순서로 깐다.(치즈 1/2컵은 남겨둔다.)

4 190~200℃로 예열한 오븐에 20분 정도 구워, 표면이 갈색으로 되면 완성이다. 치즈 1/2컵을 마저 뿌린다.

라구소스

1 냄비에 올리브 오일을 두르고 양파, 당근, 셀러리를 볶는다.

2 다진 고기를 넣어 더 볶는다.

3 레드와인을 더하고 알코올이 날아가면, 토마토 통조림, 토마토 페이스트, 물, 우유를 넣는다. 설탕, 소금, 후추로 맛을 내고 거품을 제거하면서 약불로 30분 정도 조린다.

화이트소스

1 냄비에 버터를 넣어 약불로 녹인다.

2 버터에서 거품이 나면, 박력분을 더해 나무 주걱으로 약불에 볶는다.

3 전체가 한 덩어리로 되면 우유를 조금씩 부으면서 매끈한 크림 상태가 될 때까지 천천히 끓인다. 소금, 후추로 맛을 낸다.

재료 4인분
라구 소스(볼로네즈 소스) 200g
화이트소스 200g
라자냐 150g
파르메산 치즈 1컵

라구소스 재료
돼지고기+소고기(다지기) 250g
양파 1개
당근 1/2개
셀러리 1/2개
레드와인 50ml
토마토 통조림 1통
토마토 페이스트 1~2큰술
물 500ml
우유 1컵
설탕(꿀) 1큰술
소금, 후추, 올리브 오일

화이트소스 재료
우유 750ml
버터 60g
밀가루 60g
소금, 후추

크림 콘 수프

1 냄비에 버터를 녹이고 양파를 볶는다. 밀가루를 넣고 타지 않게 계속 볶는다.

2 육수로 희석하면서 물기를 뺀 콘 통조림, 우유, 월계수 잎을 더하고 약불로 15~20분 정도 끓인다.

3 믹서에 간다. 퓌레 상태가 된 수프를 다른 냄비에 넣고 약불에 끓인다. 소금, 후추로 간한다.

4 마지막으로 생크림과 버터를 더한다.

5 준비되면 크루통, 콘 알, 다진 파슬리로 장식한다.

재료 4인분

옥수수 통조림(가능하면 크림 콘
  통조림) 1통
버터 100g
양파 2개(얇게 썰기)
밀가루 50g
닭/채소 육수 800ml(물 800ml에
  수프 스톡 2개를 넣어도 된다. 수
  프 스톡은 소고기, 닭고기, 생선,
  여러 채소를 푹 끓여 만든 국물을
  고형으로 만든 것이다.)
우유 400ml
월계수 잎 1~2장
크루통 적당량
파슬리
소금, 후추

딸기 스펀지케이크

1 스펀지를 만든다.

① 달걀을 푼 뒤 설탕을 두세 번 나눠서 넣은 다음 거품기로 거품이 뽀얗게 올라올 때까지 젓는다.

② 고운체에 친 밀가루와 베이킹파우더를 ①에 넣고 고무 주걱으로 퍼내듯이 섞는다.

③ ②에 녹인 버터와 바닐라에센스를 넣고 섞는다.

④ 케이크 틀의 바닥과 옆면에 쿠킹 시트를 붙이고, 반죽 ③을 조금 높은 곳에서 붓는다. 케이크 틀을 조리대 위에 톡톡 두드려 반죽의 공기를 뺀다.

⑤ 180℃로 예열한 오븐에서 30분간 굽는다.

2 딸기로 장식한다.

① 딸기 시럽 재료를 볼에 섞어 딸기 시럽을 만든다.

② 스펀지를 가로로 잘라 안쪽에 딸기 시럽을 바른다.

③ 생크림에 설탕을 더하고 휘핑크림을 만든다. 하단에 둘 스펀지 윗면에 휘핑크림을 바르고 설탕에 절인 딸기로 장식한다.

④ ③의 스펀지 표면 전체에 휘핑크림을 바르고 다른 하나의 스펀지로 덮어서 가볍게 누른다. 위쪽 스펀지 표면에 휘핑크림을 얇게 바르고 두 스펀지 전체에 휘핑크림을 두껍게 바른다. 냉장고에 10분 정도 둔다.

⑤ 케이크를 접시로 옮기고 가운데를 딸기로 장식한다.

재료 지름 18~20cm 원형 기준

스펀지 재료
박력분 90g
베이킹파우더 1/2작은술
설탕 80g
달걀 3개
녹인 버터 2큰술
바닐라에센스 1작은술

딸기 시럽 재료
딸기 1팩(잘게 썰기)
설탕 2큰술
레몬즙(과일주) 2큰술

장식 재료
생크림 1컵
설탕 1큰술
바닐라에센스 1작은술
딸기

다시마키 타마고 국물로 맛을 낸 일본식 달걀말이

1 볼에 달걀을 풀고 다시 국물, 청주, 설탕, 소금을 넣어 잘
섞는다.
2 달걀말이용 사각 프라이팬에 식용유를 조금씩 두르고, 달
걀 물을 얇게 부으면서 부친다.
3 이를 네다섯 번 반복해서 완성한다.

재료 2~3인분
다시 국물 20ml
달걀 3개
청주 1큰술
설탕 1작은술
소금 1/2작은술
식용유

일본식 닭튀김

1 닭고기를 한 입 크기로 자른다.
2 볼에 닭고기를 넣고 마늘, 간장, 소금, 후추를 더해 잘 섞은
후, 30분 정도 재운다.
3 달걀 푼 것을 더해 손으로 주무른 다음, 박력분을 넣고 다
시 주무른다.
4 170~180℃ 식용유에 닭고기를 한 개씩 넣으면서 중불로
노릇노릇하고 바삭하게 튀긴다.

재료 4인분
닭고기(닭봉, 안심살, 닭다리 살)
  500g
다진 마늘 1작은술
간장 1큰술
달걀 1개
녹말 4큰술
박력분 1큰술
식용유
소금, 후추

독일의 추억

그림책에서 보던 동화의 세계

　나 혼자 만든 최초의 요리는 아마도 '밀히라이스Milchreis'일 것이다. 독일어 이름이 거창하게 들리지만 사실은 그냥 '우유죽'이다. 우리 가족은 내가 일곱 살 때부터 초등학교 2학년 때까지 독일에서 살았다. 독일 생활이 익숙하지 않은 우리 가족을, 서독 일본대사관 집사였던 이틀러 할아버지가 보살펴주었다. 꼬맹이였던 나에게 할아버지가 진지하게 전수해준 '밀히라이스'. 어른이 된 지금도 잘 못 마시는 우유로 만든 탓인지, 그 맛은 생크림을 잔뜩 얹은 다른 독일 과자를 먹을 때 같은 행복감을 주지는 않았다. 하지만 맛이야 어찌됐건 다른 이를 위해 무엇을 만드는 기쁨을 그때 깨달은 것 같다.

　당시 도쿄 임페리얼 호텔에서 프랑스 요리 셰프로 근무하던 아버지가 서독의 일본대사관 전속 요리장으로 파견되었다. 우리 가족도 다 함께 독일로 이주하게 되었다. 그 무렵인 1970년대 도쿄는 어슴푸레한 기억으로 남아 있다. 단독주택이긴 해도 손바닥만 한 정원밖에 없는 집에 살았던 우리 가족. 남동생을 태운 유모차를 끄는 어머니와 함께 전철역 건널목을 건너 유치원을 다녔다. 그때 내게는 눈앞의 세계가 어쩐지 흑백처럼 느껴졌다. 그런데 독일이라는 미지의 세계에 들어서자 눈앞에 갑자기 보리수, 전나무, 너도밤나무, 떡갈나무 같은 거대한 나무가 마을의 공원에 아무렇지도 않게 우뚝 솟아 있고, 거리를 걷는 사람들의 발걸음은 여유로웠다. 마치 그림책에서 본 듯한 동화의 세계가 펼쳐진 기분이었다.

어린 시절 이야기가 나오면 "나는 두세 살 때 일도 기억나" 하며 자랑하듯 말하는 사람이 꼭 있다. 하지만 나는 두세 살은 고사하고 일본에서 다녔던 유치원 때조차 어머니가 매일 싸준 도시락 말고는 아무것도 기억나지 않는다. 그런 스스로가 바보같이 느껴져서 풀이 죽을 때도 있었다. 일곱 살 때 처음 본 독일의 거대한 자연이 너무도 푸근해 그전의 기억들이 흐려진 것일까.

"엄마, 다녀오겠습니다! 추~스^{헤어질 때 하는 독일어 인사!}"

독일에서 나는 매일 아침 7시에 어머니가 싸준 일본 주먹밥, 생소한 독일 샌드위치에 사과 한 알이 든 가방을 비스듬히 메고서 본^{Bonn}에 있는 유치원에 통학했다. 커다란 나무가 늘어선 가로수 길을 롤러스케이트로 씽씽 내달렸던 기억, 롤러스케이트를 타던 감촉이 아직도 기억난다. 독일어 실력도 쑥쑥 늘어, 대사관에서 근무하는 독일인들이나 그 가족들과도 친해졌다. 그 무렵 바쁜 아버지께 요리를 배운 기억은 없다. 대신 대사관 공저의 부엌이 비었을 때 나비넥타이 차림의 이틀러 할아버지가 슬쩍 내게 다가와 "밀히라이스 만드는 법을 알려줄 테니까 부엌으로 오런?" 하고 귓속말을 했다.

난생처음 듣는 요리 이름에 '우유랑 밥이라고? 맛없을 것 같은

데……'라고 생각하며 평소에는 들어가볼 수 없었던 공저의 넓은 부엌에 들어섰다. 이틀러 할아버지는 작은 냄비에 쌀을 조금 넣고 우유를 적당량 부은 뒤 마지막에 설탕을 넣어 약불로 보글보글 끓이는 시범을 보였다. 매우 간단한 요리였다. 요리사의 딸이었기 때문일까, 특히 독일에 온 이후 어머니가 가스나 성냥불을 켜는 법, 쌀을 이는 방법, 미소시루 맛을 내는 법 등을 엄격하게 가르친 덕분에 요리를 배우는 데 아무런 저항감이 없었다. 이틀러 할아버지 옆에서 눈동냥으로 본 요리를 곧바로 만들어보았다. 이제 와 생각해보니, 그로부터 12년 후 다시 독일에서 유학 생활을 시작했을 때에도 그랬지만, 독일인들은 평소에 오트밀은 먹어도, 중국의 볶음밥이나 일본의 스시 이외에 쌀다운 쌀을 집에서 먹는 법이 없었다. 이틀러 할아버지는 상당히 센스 있는 사람이었던 것이다.

독일뿐만 아니라 유럽 사람들은 몸이 아프거나 가볍게 식사하고 싶을 때 밀히라이스를 찾는다. 밀히라이스에는 어릴 적 위장이 약한 내게 어머니가 줄곧 만들어주었던, 매실을 한가운데 올린 죽과 같은 의미가 담겨 있다. 또 우리 아이들이 감기나 장염으로 아플 때 내가 만드는, 참기름 향이 살짝 풍기는 한일 퓨전의 흰죽과도 같다. 중국인들처럼 아침식사로 죽을 먹거나 평소에도 죽을 자주 먹는다면 또 모를까, 나에게 죽은 일본과 한국, 유럽 어느 나라에서건 부모가 자식을 위해 정성껏 만드는 음식이다. 부모의 이혼으로 외톨이가 된 손자 프랑수아를 데려다 키우는 이틀러 할아버지가 아픈 손자를 위해 만드는, 사랑이 가득 담긴 특별한 음식이다. 어머니가 편찮으셔서 그랬는지, 열이 나는 동생에게 누나 노릇을 하고 싶었는지 기억나지 않지만, 초등학교에 입학한 뒤 나도 이 요리에 홀로 도전한 기억이 있다.

그 후에 살았던 스페인에도 레시피는 조금 다르지만 밀히라이스와 비슷한 음식이 있었다.

"엄마가 해준 맛인걸."

스페인 사람들 모두가 이구동성으로 말하며 행복한 표정으로 그릇을 싹싹 비웠다. 풀코스 런치 세트의 디저트로 나온 우유죽 '아로스 콘 레체Arroz con leche'. 가뜩이나 전채, 메인 요리, 와인으로 배가 가득 차 있었던 데다 우유를 싫어하는 내게는 아무리 해도 먹을 수 없는 최악의 디저트였다. 어쨌든 엄마의 사랑처럼 달콤한, 캐러멜 시럽을 뿌린 아로스 콘 레체는 스페인 사람들이 감기에 걸렸을 때 즐겨 찾는 간식이다. 풍부한 양의 우유에 생크림을 넣고, 시나몬 스틱이나 바닐라에센스를 더해 보글보글 끓인 다음, 녹인 버터를 조금씩 붓고서는 마지막에 냉장고에서 차게 식혀 먹는 스페인의 우유죽. 내게는 레시피를 보는 것만으로도 배탈이 날 것 같은 죽이긴 했지만.

한국 요리를 배웠던 궁중음식연구원에서는 우유가 드물었던 조선시대에, 왕족만이 먹을 수 있는 '타락죽'이라는 음식이 있었다고 들었다.

'흰죽에 물 대신 우유를 넣어 만든 음식이 아시아에도 있구나!'

연구원의 수업 도중에 나 혼자 외국 문화 체험을 한 기분이었다. 한반도에 불교가 전래된 4세기 무렵부터 우유를 뜻하는 '타락駝酪'이라는 단어가 있었다. 조선 시대의 타락죽은 궁정의 『약전藥典』에도 기록된 왕족을 위한 한방약이기도 했다. 지금도 한국은 일본보다 죽의 종류가 많고, 식사 대용으로 혹은 간식으로도 자주 먹는다. 타락죽은 잣죽이나 검은깨죽 등 쌀알이 안 보일 때까지 곱게 갈아 쑤는 무리죽과 같은 방식으로 만든다. 곱게 간 쌀 한 컵에 물 두 컵을 넣어 끓인 다음, 우유 네 컵을 조금씩 부어가며 쑨다. 먹을 때에는 소금과 설탕을 각각 작은 접시에 준비하여 기호에 맞게 간을 한다.

궁중음식연구원에서 실습 후 처음 맛본 한국의 우유죽은 설탕 맛보다 소금 맛이 강했고, 쌀을 곱게 갈아서인지 목구멍에 부드럽게 넘어가는 느낌이었다. 하지만 나는 우유를 싫어해서 그 뒤로 한 번도 만들지 않았다. 어린 내게는 이틀러 할아버지의 레시피를 기록해둘 만한 깜냥이 없어서, 사실 지금까지 밀히라이스를 만들 때 혀에 각인된 기억을 더듬어 만들었다고 할까, 요컨대 대충 만들어왔다. 쌀을 밀가루나 시리얼과 같은 종류로밖에 생각하지 않는 유럽인인 이틀러 할아버지는 "쌀을 깨끗이 씻어야지"라고 하지 않았지만, 나는 쌀을 씻어 소량의 물로 끓인 다음 설탕과 우유를 넣어 끓였다. 이 방식이 궁중음식연구원에서 배운 순서와 똑같았다. '내가 생각해도 대단한 걸' 하고 우쭐해하며, 연구소 부엌에서 조선 시대 임금님께 진상할 우유죽을 온 정성을 다해 쑤는 나인이 된 기분으로 죽이 눌어붙지 않도록 휘저었다.

이틀러 할아버지의 밀히라이스건 조선 시대 왕족의 우유죽이건 엄마의 흰죽이건, 죽은 역시 몸과 마음이 약해져 있을 때 최고의 식사다.

피
터

아
저
씨
의

크
레
이
프

어머니가 플로리스트로 호텔에서 근무했을 때의 동료인 요코 아주
머니가 독일인 피터 아저씨와 결혼하여 프랑크푸르트에 살고 있었다.
본에서 출발하여 라인 강을 따라 달리는 기차에 몸을 싣고 가족 모
두가 놀러갔을 때, 가정적인 피터 아저씨가 만들어준 음식이 바로 크
레이프다. 대학생 때 도쿄의 하라주쿠에서 친구와 함께 먹은, 생크림
이 사이사이로 나온 돌돌 만 크레이프가 아니었다. 독일의 맛있는 햄
과 여러 겹의 양상추가 든 어른들이 좋아할 법한 크레이프였다.

크레이프의 기원은 토양이 척박하고 기후가 냉랭하여 밀보다 메밀
재배가 많았던 프랑스 북서부 브르타뉴 지방의 전통 요리인 갈레트^팬
케이크 형태의 빵과자로, 메밀가루로 반죽을 만든다라고 한다. 17세기 루이 13세의 부
인 안느 왕비가 브르타뉴로 사냥을 갔을 때 우연히 갈레트를 먹고 그
맛에 반해 파리의 궁중 요리로 들여왔다고 전해진다. 그 무렵부터 메
밀이 아닌 밀가루로 재료가 바뀌고 소금과 물로만 요리하던 방식에
서 달걀, 버터, 우유가 추가되어 지금의 크레이프의 원형이 된 것이다.

먼 옛날, 둥근 모양이 태양과 비슷하다고 하여 황금빛 태양을 상징
했던 크레이프에는, 태양의 은혜로 풍작이 되도록 기원하는 의미가
담겨 있다. 프랑스 농가에는 2월 2일 성촉절^{성모 마리아가 유대교 율법에 따라 예}

수가 태어난 지 40일 만에 정결 예식을 치르고 예루살렘 성전에 간 것을 기념하는 축일이나 사육제 마지막 날 같은 축제 때 크레이프를 먹는 관습이 있으며, 지금도 바게트와 함께 프랑스 가정 요리로 널리 사랑받고 있다. 성촉절이 되면 왼손에는 동전을 쥐고 오른손으로는 크레이프를 굽는데, 반죽을 뒤집을 때 높이 던져 프라이팬 안으로 쏙 들어오면 그해는 운수대통, 떨어뜨리면 운이 없다고 믿는 '크레이프 점'은 지금까지 전해 내려오는 전통 행사다.

크레이프를 좋아했던 프랑스 제1제정 황제 나폴레옹 보나파르트도 1812년 2월 2일에 크레이프 점을 쳤는데, 네 번은 성공했지만 다섯 번째에 반죽이 프라이팬 밖으로 떨어져 실패했다. 같은 해 10월 전성기를 맞이한 나폴레옹은 다섯 번째 러시아 원정에 나섰다. 하지만 모스크바에서 굶주림과 추위를 이기지 못해 비참하게 퇴각해야 했는데, 그가 이때 "다섯 번째 크레이프 때문이다!" 하고 중얼거렸다는 이야기가 전해진다.

독일의 큰 자동차 회사 엔지니어였던 피터 아저씨는 요리책을 보며 스스로 크레이프 만드는 방법을 익혔다고 한다. 어째서 독일인이 이웃 나라 프랑스 요리로 우리를 대접했는지 물어봤다면 좋았을 것을. 그 무렵 프랑크푸르트와 본을 오가며 만난 것과 귀국 후 도쿄에서 한 번 만난 것을 마지막으로 피터 아저씨와는 다시 만나지 못했다. 껑충 큰 키에 안경 너머로 언제나 웃음 짓던 눈. 독일의 대학에서 일본어를 부전공했다고 했던가, 일본에서 유학을 했다던가, 여하튼 일본어가 능숙했던 것 같다.

피터 아저씨는 우리가 놀러 가면 언제나 크레이프를 솜씨 좋게 구워주었다. 프랑스인처럼 한 손으로 휙 하고 반죽을 뒤집는 모습에 어린 나와 남동생은 깜짝 놀라 "우와, 멋있다! 또 해주세요, 또!" 하고 졸라댔다. 재료는 팬케이크와 같지만 분량이 미묘하게 다른 크레이프 반죽은 적당히 달군 프라이팬에 기름을 두르고, 스푼으로 반죽을 떠 넣으며 얇게 굽는 동시에 태우지 않고 노릇노릇 균일하게 구워야 한다. 셰프인 아버지 말고 다른 아저씨가 프라이팬으로 능숙하게 크레이프를 굽는 모습이 정말 신기했다.

이윽고 일본으로 돌아와 고등학생이 된 나는 아버지께 크레이프 만드는 법을 배웠다. 일본에서 초등학교를 다니기 시작한 때부터 기록한 레시피 노트에 아버지의 크레이프 레시피 복사본이 있었다. 학교 클럽 활동으로 요리부에 들어갔을 때, 아버지의 크레이프를 한껏 자랑하려 했던 것이 크레이프를 만들게 된 계기였다. 핫케이크와 재료가 거의 같은데도, 아버지의 레시피대로 볼에 달걀, 우유, 밀가루, 소금, 식용유, 버터 순으로 넣은 후 거품을 내고 반죽을 섞으면 전혀 다른 요리가 완성되었다.

처음에는 피터 아저씨가 만든 크레이프처럼 1밀리미터도 안 되는 얇은 두께로 반죽을 타지 않게 만들기가 힘들었다. 뒤집을 때 반죽이

찢어지거나 바닥으로 떨어져서 레시피에 쓰인 분량의 절반도 만들지 못했다. 크레이프를 좋아했던 나폴레옹이 크레이프를 다섯 개째 구울 때 바닥에 떨어뜨린 이후 불길한 일이 연달아 일어났듯, 팔랑대는 얇은 크레이프가 철푸덕 하고 바닥에 떨어지는 광경을 보는 것도 굉장한 스트레스였다. "다섯 번째 크레이프도 떨어뜨리면 어쩌지……" 하고 쓸데없는 걱정을 하기도 했다. 피터 아저씨는 한 손으로 능숙하게 휘릭 하고 크레이프를 뒤집었지만, 결국 나는 나만의 방법으로 크레이프를 굽기로 했다. 뒤집을 때 이쑤시개보다 긴 꼬챙이를 크레이프 끝에 끼운 다음, 오른손으로는 꼬챙이로 끼운 부분을 잡고 왼손으로는 다른 쪽 끝을 잡아 하나, 둘, 셋 하고 뒤집는 방법이다. 이로써 나의 크레이프도 임페리얼 호텔과 견주어 손색없을 정도가 되었다.

어느 정도 손에 익자 아버지의 업무용 4구 가스레인지 위에서 반죽을 네 개씩 프라이팬에 놓고, 마치 파리 길거리의 크레이프 가게 종업원처럼 프라이팬을 교대로 들었다 났다 치익치익 소리를 내며 1밀리 두께도 안 되는 크레이프 반죽을 능숙하게 구웠다.

"잘도 구워내더구나."

요리의 대가께서는 가끔 내가 친정에 가면 30년 가까이 지난 일인데도 방금 생각난 듯이 칭찬을 한다. 이제 와서 칭찬받기는 왠지 좀 부끄러운 일이다.

반죽을 몇십 장 굽는 것만으로는 크레이프가 완성되지 않는다. 크

학교 클럽 활동으로 요리부에 들어갔을 때,
아버지의 크레이프를 한껏
자랑하려 했던 것이
크레이프를 만들게 된 계기였다.

레이프는 반죽에 다양한 재료를 넣어서 싸 먹는 음식인데, 들어가는
재료가 맛있지 않으면 크레이프의 매력은 반감된다. '크레이프'라고
하면, 크레이프를 좋아하는 사람은 누구나 떠올리는 크레이프 수제
트Crepes Suzette가 있다. 크레이프에 오렌지 소스나 은행잎 모양으로 썬
오렌지로 장식하고 그랜마니아라는 오렌지 리큐어를 뿌린 뒤 프라이
팬에 올려 알코올을 휘발시킨 환상적인 디저트다. 나는 아주 어릴 적
부터 성냥불 붙이는 법을 배웠지만 이상하게 불이 무서워서, 아직 만
들어본 적은 없는 동경의 요리다.

'호텔에서 몇 년간 수련하면 만들 수 있을까…….'

비프스튜도 그렇지만, 자신 있게 만들 수 있는 요리가 너무 적다고
고집 센 내 성격을 원망한들 소용없을 것이다.

크레이프를 활용할 수 있는 요리는 끝이 없다. 아버지께 배운 커스 터드 크림이나 설탕 1큰술로 거품 낸 휘핑크림으로 딸기나 바나나를 감싸고 위에서부터 초콜릿 시럽을 뿌린 달콤한 디저트용 크레이프, 피터 아저씨와 요코 아주머니 댁에서 처음 맛본 햄과 양상추, 겨자 소스가 들어간 햄말이 크레이프(맥주 안주로 안성맞춤이다), 스페인에 서 배운 화이트소스와 시금치를 크레이프로 감싸 오븐에서 구운 것 등. 크레이프 위로 불꽃이 활활 타오르는 세련된 크레이프 수제트는 못 만들지라도.

서울 집에 4구 가스레인지가 있지만 열정적으로 크레이프를 구웠 던 옛날 일이 거짓말인양 지금은 크레이프 만들기가 귀찮아졌다. 이 제 슬슬 '히데코의 부엌 보조'인 작은아들에게 비법을 전수하려 한다.

가족들과 함께 독일에서 돌아온 후, 12년 뒤 나는 다시 독일로 유 학을 갔다. 어머니가 준 메모에 의존해 그동안 연락이 끊겼던 피터 아 저씨네 가족을 찾아갔다. 12년 만의 재회였지만 피터 아저씨와는 만 나지 못했다. 요코 아주머니는 프랑크푸르트에서 그리 멀지 않은 마 인츠라는 도시에서 초등학생 딸 둘을 혼자 키우고 있었다. 피터 아저 씨의 크레이프가 한없이 그리웠다.

독일의 본에서 살았던 3년간, 학교를 안 가는 토요일 이른 아침 남동생과 나의 일과는, 자전거나 롤러스케이트로 델리커테슨조리된 육류나 치즈, 흔하지 않은 수입 식품 등을 파는 가게에 심부름을 가는 것이었다.

"구텐 모르겐! 꼬마 손님들, 뭐 사러 왔니?"

"구텐 모르겐, 슈타이너 아줌마! 리오나 100그램, 비어부어스트 50 그램, 그리고 바이스부어스트 네 개 주세요!"

가게에 들어서면 정면에 보이는 커다란 유리 진열장 안에, 이름도 모를 온갖 종류의 독일 햄과 소시지가 빼곡히 들어차 있다. 일곱 살인 나는 진열장 앞에서, 마치 햄이 되기 전인 돼지처럼 보이는 가게 아주머니를 올려다보며, 완벽한 독일어 발음으로 주문한다. 그 옆에서는 독일어를 전혀 할 줄 모르는 남동생이 나를 든든하다는 듯 바라보고 있다. 토요일 아침마다 벌어지는 풍경이었다. 햄 가게에서 돌아오는 길에 근처 빵집에서 갓 구운 브뢰첸겉은 딱딱하고 속은 부드러운 작고 둥근 빵. 독일에서는 아침식사용으로 즐겨 먹는다 몇 개를 산다. 집에 오면 브뢰첸에 맛있는 독일 버터를 듬뿍 발라 동생과 사 온 햄을 그 위에 올린 다음, 어머니가 만들어준 홍차나 코코아, 수프와 함께 먹었다.

그 때문일까. 아플 때 흰죽을 먹으며 자랐건만, 지금도 감기에 걸리거나 병이 나을 무렵이면, 내 혀와 위는 버터를 잔뜩 바른 하드롤빵과 리오나라는 부드러운 독일 햄을 달라고 아우성친다. 어머니가 식생활을 관리했을 때에는 그런 음식을 먹고 싶다고 하면 혼나기만 했다. 어려서부터 입이 짧고 설사에 소화불량에 늘 위장이 약했기 때문이다. 하지만 독립한 이후로는 내 멋대로 했다. 서울에 살기 시작한 무렵, 다른 음식은 아무것도 먹기 싫은데 이 햄과 독일 빵 생각이 간절해지면, 햄은 리오나 대신 본리스 햄으로, 맛은 좀 떨어져도 주변에서 살 수 있었던 버터나 부드러운 롤빵으로 어떻게든 욕구를 충족했다. 어머니가 아시면 또 잔소리를 늘어놓을 것이다.

벌써 40년 가까이 지난 일인데도, 독일 햄과 하드롤빵을 보면 아직도 입안에 침이 고이고 먹고 싶은 충동에 휩싸인다. 그 시절 남동생의 손을 잡고서 햄과 소시지를 샀던 내 모습까지 떠오른다. 어린 시절에 경험한 맛은 평생 잊히지 않는 법이다.

"나가노에 계시는 외할아버지가 있지, 엄마가 결혼해서 너희를 낳았을 때 '부모가 아무리 가난해도 아이들에게는 제대로 된 식사를 챙겨줘야 한다'라고 하셨단다. 너도 명심해라."

큰아들이 이유식을 시작했을 때 어머니가 내게 하신 말씀이다. 그땐 '말 안 해도 다 아는데……' 하고 생각했지만 막상 두 아들의 엄마가 되고 보니 식사의 중요성을 뼈저리게 느낀다. 어째서 부모님이 입이 닳도록 식사의 중요성, 식사 환경, 식문화에 이르기까지 온갖 잔소리를 하셨는지 지금은 이해한다. 요즘 나는 어머니가 식탁에서 주의를 주셨던 사항을 그대로 아들들에게 되풀이한다. 단, 어머니는 내게 "식탁에서는 절대 애들을 혼내면 안 돼. 언제나 즐겁게 식사하도록 노력할 것", 이 말씀을 잊지 않으셨지만 말이다.

일본어에는 '식육食育'이라는 단어가 있다. 넓은 관점에서 '食'에 대해 배우고 고찰하는 것을 뜻한다. '식사의 환경'과 식문화를 발전시키고 알리며, 나아가 새로운 식문화를 창조하는 것을 아우르는 개념이다. 단지 '먹는 행위'에 국한된 식사나 식재료뿐 아니라, 균형 잡힌 식사를 위해 다양한 지식을 익히고, 식품을 고르는 법을 배우는 것, 식탁이나 식기 등 식사 환경, 그리고 그와 관련된 계획을 세우는 것 등을 포함한다.

일본에서는 '食'에 대해 가정에서는 물론 학교나 지역사회에서도 배워야 한다고 생각해 2005년 '식육기본법'을 만들었다. 식육은 이때 새로 만들어진 단어가 아니라 1898년에 이미 정의된 단어다. 그런데 제2차 세계대전 이후부터 고도 경제성장기, 버블경제기에 이르기까지 일본의 식생활이 크게 변한 시대를 거쳐 1990년 후반 세계적인 슬로 푸드, 푸드 마일리지의 개념이 확산되며 식육의 중요성이 더욱 더 강조되었다. 정부 기관이나 비영리민간단체 등을 중심으로 여러 활동이 전개되고 있다. 세계적으로 유명한 영국의 요리사 제이미 올리버도 블레어 수상 재임 시절 정크 푸드로 이루어진 영국의 학교 급식

실태에 충격을 받아 '제이미 올리버의 학교 급식 개혁'을 일으켜, 폭넓은 활동으로 식육의 관점에서 학교 급식의 개선을 꾀하고 있다.

아이들이 초등학교 저학년이었을 때, 학교 급식 당번을 도와주면서 한국의 공립과 사립 초등학교의 급식을 모두 맛볼 기회가 있었다. 아이들이 일본 초등학교를 다닐 때에는 일본의 급식도 먹어보았다. 일본의 급식은 '돼지 김치 볶음'이 메뉴에 등장할 정도로 다국적 요리로 구성된 데 비해, 한국은 일주일에 한 번 스파게티가 나오는 정도로 메뉴나 맛의 다양성이 다소 떨어졌다. 하지만 국산 식재료로 제철 채소를 아이들이 충분히 섭취할 수 있도록 메뉴가 구성되어 있었다. 쓸데없는 걱정일지도 모르지만 한국의 학교 급식은 '먹는 것'에 중점을 둔 듯하다. '어떻게 먹을지' 등 식사 환경에 대한 부분도 좀 더 교육하면 좋겠다.

내가 어릴 때 독일에서 맛본 햄과 소시지 맛을 잊을 수 없듯, 내 아이들도 어른이 되어도 잊지 못할 맛을 저마다 간직한 채 자랄 것이다. 엄마로서 나의 역할은 미각을 깨우고 건강한 몸을 만들어주는 것만이 아니다. 음식에 대한 지식이나 환경, 식문화도 제대로 전달해야 한다. 아버지가 '먹는 것'과 관계된 직업에 종사했기에, 부모님은 음식에 대한 교육을 통해 어른으로 키우는 일을 남들보다 훨씬 더 중요하게 여겼다. 나는 아이들을 제대로 가르치기엔 부족한 점이 많은 엄마지만, 노력하는 수밖에 없다.

독일 햄과 소시지를 향한 나의 왕성한 식욕은 몇 년 전 이태원에 오픈한, 오스트리아 사람이 운영하는 수제 햄 가게 덕분에 그럭저럭 채워졌다. 여태껏 서울의 백화점 지하 식품 매장이나 소문을 듣고 찾아간 수제 햄 가게에서 독일 스타일의 햄이나 소시지를 사보았지만, 남동생과 함께 갔던 독일 가게의 햄 맛과는 달랐다. 하지만 이태원 한구석에 있는 작은 햄 가게 '셰프 마일리'에는 비어부어스트, 약트부어스트, 파프리카 리오나, 리오나, 비어싱켄, 바이스부어스트 등 추억의 맛이 가득하다. 요리 교실의 재료를 구할 때는 물론이고 독일 햄이나 소시지가 갑자기 먹고 싶어지면, 운전을 못하는 나는 이태원까지 버스를 타고 부랴부랴 '셰프 마일리'로 향한다. 햄과 소시지를 만 원어치씩 여러 종류로 포장하고, 가게 안쪽 부엌에서 구운 브뢰첸을 네 개 정도 사서, 그 옛날 남동생과 손을 잡고 집으로 돌아갔던 것처럼 아들의 손을 잡고 집으로 돌아간다.

　도쿄 친정에 갔을 때, 독일에서 찍은 어린 시절 사진을 정리했다. 서울 집으로 몇 장 가져가고 싶었다. 암갈색으로 바랜 사진들에 붉은 리본으로 다리를 묶은 로스트 치킨 사진이 있었다. 생일 파티 때인 것 같다. 독일에서 다녔던 초등학교의 친구들이 테이블을 둘러싸고 있으니, 여덟 살 생일일 것이다. 아니, 네 살인 남동생이 한가운데 앉아서 생긋 웃고 있는 걸로 봐선 남동생의 생일을 축하하는 장면인 걸까? 사진을 보아도 기억이 흐릿하다. 붉은 리본을 묶은 로스트 치킨의 구수한 맛만 기억날 뿐.

　독일로 이사 가 처음 1년간은 숲 속 유치원에 다녔다. 독일어를 잘 못했지만 금방 원래의 말괄량이 기질을 발휘했다. 생각해보면 나는 말이 안 통하는 스트레스로 등교 거부를 하거나 환경에 적응 못하고 유치원에서 늘 훌쩍거리며 집에 가고 싶어 안달인, 한마디로 걱정을 끼치는 딸은 아니었다.

　한번은 유치원 정원 그네에 독일인 남자아이를 앉히고 내가 그 뒤에 서서, 당시 좋아했던 TV 방송 〈말괄량이 삐삐〉에 나오는 삐삐가 된 기분으로 그네가 하늘 높이 오르도록 발을 굴렀다. 그런데 그네의 탄력으로, 서 있던 내가 아닌 앉아 있던 남자애가 잔디밭으로 굴러 떨어졌다. 다행히 큰 상처를 입지는 않았지만 남자애의 이마에는 커다란 혹이 생겼다. 몸집이 큰 원장 선생님께 야단맞긴 했어도 부모님을 호출하는 소동으로는 이어지지 않았다.

원장 선생님은 남자애의 이마에 맛있는 독일 버터를 듬뿍 바르며 "혹에 버터를 바르면 붓기가 빨리 빠진단다"라고 했다. 하지만 나는 맛있는 버터가 아까워서 혹에 발라본 적은 없다. 얼마 전에 이 일을 한국인 친구에게 이야기해주자, "어머, 한국에서도 혹이 생기면 할머니나 어머니가 담근 된장을 바르는데"라고 했다. 실제로 혹에 된장을 바른 사람은 본 적이 없으니 꽤나 옛날 풍습일 거라고 생각했다. '맛있는' 버터와 된장이라는 데서 묘한 공통점을 느꼈다.

독일에 산 지 2년째 되던 해, 나는 집에서 5분 거리에 있던 이펜도르프 초등학교에 입학했다. 초등학생이 되어서도 말괄량이 기질은 변하지 않았다. 당시 독일 학교는 바깥이 어슴푸레한 새벽 6시 반에 등교하여 저학년은 오전 9~10시가 되면 하교했다. 아침 9시에 수업이 끝나는 날에는 친구 몇몇이 내 뒤를 졸래졸래 따라왔다. 자그마한 숲이 있는 일본대사관의 커다란 정원에서 놀 수 있다는 사실을 아는 친구들이었다.

슬슬 청소를 할까 하고 청소기를 돌리기 시작하던 어머니는 "잘 다녀왔니? 어머, 그런데 벌써 왔어?" 평소보다 높은 목소리로 우리를 맞이했다.

대서관저 정원은 유치원 숲보다 크진 않지만 일고여덟 살짜리 아이들이 상상력을 발휘할 수 있는 최고의 장소였다. 우리는 커다란 나무 위에 비밀의 집을 만들고 그 일대를 뛰어다니던 토끼나 다람쥐와 장난치며 놀았다. 예순이 넘은 대사 부부께는 지나치게 넓은, 25미터 길이의 실내 수영장에서도 놀 수 있었다. 그러나 고지식한 어머니는 언제나 똑같은 잔소리를 하셨다.

"잠깐! 숙제부터 하고 놀려무나."

어머니는 독일어를 잘하지 못했지만, 독일인 친구 네다섯 명과 나를 식탁에 앉혀두고는 글씨가 지저분하다, 똑바로 깨끗이 써라, 계산이 틀렸다, 일본어로 담담하게 주의를 주며 독일어 필기 숙제나 문제집 풀이를 시키셨다.

독일에서 초등학교를 다닌 2년간, 아버지는 시간이 나면 친구와 나에게 맛있는 간식을 만들어주셨다. 생일이나 크리스마스, 축제 같은 이벤트가 있으면 붉은 리본으로 다리를 묶은 로스트 치킨을 만드셨다. 칠면조일 때도 있었겠지만 내 눈에는 언제나 로스트 치킨으로만 보였다.

이런 아버지께 어느 날 뺨을 세게 얻어맞은 사건이 일어났다. 내가 '말괄량이 삐삐' 흉내를 낼 때면 반드시 어떤 사건이 일어나는데, 그날은 기르던 개와 남동생과 친구들 모두를 데리고 대사관 공저가 아닌 가까운 숲으로 모험을 떠났다. 나는 모두의 삐삐였다. 시간이 흘러

↑ 독일에서 초등학생 때 쓴 국
어 노트.

← 독일의 축제 때 입었던 공주
드레스. 지금도 소중히 보관하
고 있다.

정신을 차리고 보니 주변이 깜깜했다. 손목시계 같은 건 차고 다니지도 않았을뿐더러, 핸드폰도 없던 시절이었다. 여름에는 밤 9시가 넘어야 해가 지는 유럽에서 주변이 깜깜하다는 것은 밤 10시가 지났다는 뜻이다. 아마 독일인 친구들의 부모님도 공저에 모여 있겠지, 경찰이 와 있으면 어쩌지, 걱정하며 공저에 도착했다.

늘 하던 대로 정원으로 통하는 뒷문으로 살그머니 들어갔다. 그러자 나를 발견한 아버지가 갑자기 손을 번쩍 들어 내 뺨을 철썩 때렸다. 맞아도 싸긴 했지만, '아버지는 곧 맛있는 요리'로 연결되던 내게는 상당히 큰 충격이었다.

붉은 리본의 로스트 치킨은 일본에 돌아와서도 남동생과 나의 생일이나 크리스마스가 되면 반드시 등장했다. 붉은 리본이 묶여 있을 뿐만 아니라, 우리가 먹기 쉽도록 가끔은 두 다리 끝이 포일로 감싸져 있었다. 소금과 후추로만 밑간을 하는 심플한 로스트 치킨. 사실 나는 어릴 적부터 아버지의 로스트 치킨 말고는 치킨을 먹지 못했다. 아버지가 해주신 치킨이 맛있어서라기보다, 통째로 구운 치킨을 보면 살아 있는 닭이 생각나기 때문이다. 특히 닭의 '다리'를 보면 소름이 돋는다. 그래서 어머니가 해주신 김말이 닭튀김 말고는 닭고기를 즐겨 먹지 않았다. 외식 때 로스트 치킨을 주문하는 일도 없고, 서울의 길가에서 자주 보는 '전기구이 통닭'도 사본 적이 없다. 길을 걸을 때 풍겨오는 구수한 치킨 냄새에 코가 간질간질하지만, 전기 오븐 속에서 빙글빙글 돌고 있는 전기구이 통닭은, 보기만 해도 먹고 싶은 기분이 사라진다. 역시 나에게는 붉은 리본이 필요하다.

붉은 리본의 로스트 치킨은 대학생이 된 이후 거의 먹을 기회가 없었다. 한국에 살고부터는 길거리에서 전기구이 통닭 트럭을 볼 때 언뜻 붉은 리본을 떠올린다. 종교적인 분위기 속에서 상업적이기도 한 한국의 크리스마스 시즌이 되면, 옛날에 먹은 아버지의 로스트 치킨의 식감과 맛이 내 입속을 맴돈다. 일본보다 독실한 기독교 신자가 많아서인지, 한국의 크리스마스는 경건한 느낌이 든다.

독일이나 스페인의 크리스마스도 떠들썩한 느낌은 아니었다. 매우 엄숙한 분위기 속에서 한국이나 일본의 설날처럼 여기저기 흩어져 살던 가족들이 부모 곁으로 돌아와 한 해 동안 있었던 일들이나 이듬해에 하고 싶은 일에 대해 조용히 얘기를 나눈다. 평소보다 간단히 저녁을 먹은 후 늦은 밤 가족이 함께 교회에 간다. 외부인이었던 나에게는 즐거운 크리스마스이기는커녕 일본의 부모님이 생각나는 슬픈 날이었다. 크리스마스 음식으로 로스트 치킨이 없으니 더 견디기 힘들었다.

예나 지금이나, 일본에서나 한국에서나, 크리스마스 시즌에 빵집 앞을 지나면 "루돌프 사슴 코는~" 하는 캐럴이 어지럽게 흘러나오고, 24일 밤 9시경에는 가게 앞에 팔고 남은 크리스마스 케이크가 산더미처럼 쌓인다. 호텔의 크리스마스 디너나 고급 레스토랑의 예약도

꽉 찬다. 당연히 나도 대학생 때는 그런 크리스마스이브가 즐거워서 남자친구에게 도쿄 아오야마에 있는 근사한 프렌치 레스토랑에 가자고 조른 기억이 있다. 남자친구가 열심히 아르바이트로 돈을 모아 나에게 한턱냈을 크리스마스 디너의 메뉴와 맛은 신기하게도 전혀 기억나지 않지만.

　프랑스 요리 셰프인 아버지께 크리스마스이브는 가장 바쁜 날이다. 우리 가족의 크리스마스이브 식탁에는 자리를 비운 아버지 대신 양쪽 다리를 붉은 리본으로 묶어 노릇노릇 구운, 특유의 구수한 냄새를 풍기는 로스트 치킨이 커다란 은 접시 위에 놓여 있었다. 아버지는 남동생과 내가 먹을 로스트 치킨은 아무리 바빠도 단 한 번도 잊은 적이 없었을 것이다.

아로스 콘 레체 스페인식 우유죽

1 쌀은 씻은 다음 물에 두 시간 정도 담가서 충분히 불린다.

2 우유, 생크림, 시나몬 스틱, 얇게 깐 오렌지와 레몬 껍질을
냄비에 넣고 끓인다. 불을 끄고 시나몬 스틱, 오렌지와 레몬
껍질은 꺼내고 쌀을 넣는다. 약불로 30~40분 정도 끓인다.

3 쌀이 냄비 바닥에 달라붙지 않게 가끔 젓는다.

4 죽 상태가 되면 불을 끄고 설탕과 바닐라에센스를 더해 잘
섞는다.

5 서너 시간 정도 식힌 뒤 유리그릇에 담고 위에 시나몬 파
우더를 뿌린다.

재료 4인분
우유 1L
생크림 1컵
흰쌀 1/2컵
설탕 1컵
바닐라에센스 1작은술
시나몬 스틱 1개
오렌지와 레몬 껍질 각 1개
시나몬 파우더 약간

크레이프

1 기지 만들기

① 그릇에 달걀과 우유 250ml를 넣고 거품기로 잘 섞는다.

② ①에 밀가루를 넣고 부드럽게 될 때까지 섞은 뒤, 남은 우유를 붓고 섞는다.

③ 식용유, 소금을 추가하고 반죽을 체에 받쳐서 곱게 거른다.

④ 녹인 버터를 ③의 그릇에 더하고 재빨리 섞는다.

⑤ 냉장고에 반죽을 넣고 한두 시간 재운다.

⑥ 프라이팬에 얇게 굽는다.

재료 25장 분량

기지 재료
박력분 200~220g
우유 500ml
달걀 4개
버터 30g
식용유 1큰술
소금

2 속 만들어 완성하기

① 생크림에 설탕을 넣고 거품기로 휘핑크림을 만든다.

② 볼에 딸기, 냉동 블루베리, 산딸기를 넣고 꿀 2~3큰술과 레몬즙을 뿌린다. 이것을 크레이프 기지에 넣어 싼 뒤 옆에 휘핑크림을 곁들인다.

③ 바나나는 어슷썰기 하고, 레몬즙을 뿌린다. 다른 크레이프 기지에 바나나와 휘핑크림을 넣어 싸고 위에 초콜릿 시럽을 뿌린다.

④ 다른 크레이프 기지에 머스터드소스를 바르고 로스햄, 상추, 슬라이스 치즈를 넣어 싼다.

속 재료
생크림 200ml
설탕 1큰술
꿀 2~3큰술
레몬즙
딸기, 냉동 블루베리, 산딸기, 바나나, 로스햄, 상추, 슬라이스 치즈, 초코 시럽 등 취향에 따라 속 재료 준비

로스트 치킨

1 닭의 두 다리를 실로 묶는다. 소금과 후추를 전체적으로 뿌리고 손바닥으로 문지른다.

2 닭 표면이 갈색이 될 때까지 굽는다. 허브 잎이 있으면 다져서 소금, 후추와 함께 문지른다.

3 구운 닭을 오븐 판에 얹은 뒤 식용유를 충분히 뿌린다. 190~200℃로 예열해둔 오븐에 넣고 40~50분간 굽는다. 이때 닭을 한두 번 꺼내서 오븐 판의 기름을 숟가락으로 걷어 다시 뿌려준다.

재료 4인분
닭(1~1.2kg) 1마리
소금, 후추, 식용유
여러 가지 허브 잎(없으면 빼도
된다.)

독일에서 사도섬으로

목이 메도록 따뜻한 식탁

30년이나 지난 일이지만, 3년간 생활한 독일을 떠나던 날을 어제 일처럼 기억한다.

"꼭 다시 돌아와야 돼. 아우프 비더젠. Auf Wiedersehen."

'아우프 비더젠'은 '다시 만나자'라는 의미로 독일어 작별 인사다.

"아우프 비더젠! 모두들 일본에도 꼭 한번 놀러 와야 해!"

헤어짐을 슬퍼하지 않으려고 배웅 나온 사람들에게 마지막까지 미소를 지으며 '아우프 비더젠'을 계속 외쳤다. 우리 가족을 태운 차가 프랑크푸르트 공항을 향해 조용히 달리기 시작하자 눈물이 봇물 터지듯 넘쳐흘렀다. 열심히 손을 흔드는 밀히라이스의 이틀러 할아버지, 손자 프랑수아, 아버지의 주방 보조였던 한나, 이펜도르프 초등학교 친구인 이네스, 사비나, 베티나, 사샤,……. 뒷좌석에 앉아 있던 나는 모두의 모습이 점점 작아지는 것을 바라보았다.

초등학교 3학년 때 일본으로 돌아온 나는 점점 멀어져가던 독일 친구들의 모습을 잊을 수 없었다. 고작 3년이었지만, 마음에 아로새긴 추억이 너무나 많았다. 대학교 때 교환학생으로 다시 독일에 갈 때까지, 무언가 두고 온 듯한 기분이 들어 언제나 독일을 그리워했다.

독일에서 돌아온 우리 가족은 아버지의 고향인 사도섬에서 새로운 생활을 시작했다. 할아버지가 옛날부터 사도섬에서 작은 관광호텔을 운영하고 계셔서 언젠가는 사도로 돌아와야 했다. 할아버지, 할머니를 도와드리면서 '산간벽지에 프랑스 요리를 보급하고 싶다'는 아버지의 목표와 '아이들이 독일의 풍요로운 자연에서 자란 만큼, 앞으로도 사도의 아름다운 자연 속에서 아이들을 키우고 싶다'는 어머니의 소망이 일치하여 독일에서 곧바로 사도라는 시골 마을로 갈 결심을 하신 것이다.

부모님은 입에서 독일어만 나오는 딸을 보며 '도쿄의 독일학교로 보낼까? 아니야, 독일어밖에 못하면 일본인으로서 정체성에 문제가 생길 거야. 역시 이대로 자연의 품에서 자유롭게 키워야 할까……' 하고 나름대로 고민하셨다고 한다. 아버지도 원래의 직장인 임페리얼 호텔로 돌아갈지 망설였지만, 결국 내가 고등학교를 졸업할 때까지 10년간 가족 모두가 할아버지, 할머니가 계신 사도에서 생활했다.

독일에서 오렌지색 사각 가죽가방을 메고 다녔던 나는, 할머니가 사주신 새빨간 가죽가방을 메고 사도의 아이카와 초등학교로 전학했다. 3학년인데도 가방이 새것이라 너무 창피했다. 일본인이면서 일본어가 어설픈 것도 정말 부끄러웠다. 터질 듯이 두근거리던 그때의 심장 박동 소리가 아직까지 기억난다. 게다가 어린 마음에도 지금부터의 학교생활이 힘들 거라는 예감이 들었다.

혼슈에서 페리로 2시간 반이나 걸리는 사도에서는 도쿄나 오사카 같은 도시에서 전학생이 와도 학교 전체가 떠들썩하다. 하물며 독일이라는 머나먼 미지의 나라에서 왔으니……. 시골 아이들은 호기심으로 다가오기보다는 나를 종기 다루듯 조심조심 대하는 느낌이었다. 마음을 터놓을 수 있는 친구를 만들기까지는 시간이 걸렸고, 친해지고 싶은 아이에게 말을 걸어보아도 "히데코의 일본어는 좀 이상해" 하는 말을 들으면 모처럼 용기 내어 말을 건 자존심이 엉망진창으로 상처 입었다.

학교에서 '이상한 전학생'이라고 따돌림당했던 일이나 독일에서의 일을 심하게 무시당한 일들에 대해 집에는 아무 말도 하지 않았다. 그렇지만 어머니는 역경 속에서 분발하는 딸의 마음을 다 알고 계셨을 것이다. 아무것도 묻지 않으셨고, 아무 말씀도 안 하셨다. 나는 그런 어머니의 배려가 고마웠다. 사춘기를 맞는 아들 둘을 키우다 보니 엄마로서 나도 모르게 간섭하게 되는 경우가 많은데, 아이들의 마음을 따뜻하게 지켜보는 일이 얼마나 어려운 것인가를 실감한다. 그때 어머니가 나를 걱정한 나머지 앞장서서 해결하려 했다거나 간섭하셨더라면, 맞닥뜨린 고비를 넘는 강인함을 배우지 못했을 것이다.

일본의 학교생활에 적응하기 위해 필사적이었던 무렵, 그래도 내 마음을 위로하는 몇 가지 즐거움이 있었다. 바다와 산으로 둘러싸인 사도의 자연. 그리고 학교에서 돌아와 현관문을 열면 이내 풍겨오는 달콤한 냄새. 365일 내내 어머니가 손수 만드신 간식이 없는 날이 없

었다. 나도 두 아들의 엄마지만 집에서 매일 직접 간식을 만들기가 얼마나 힘든지 잘 안다.

때로는 아버지가 부엌에서 애플파이를 만드시기도 했다. 아버지는 다른 사람들이 식사를 하면서 휴식을 취하는 행복한 한때를 위해 주말이나 휴일에는 집에 안 계셨지만, 가끔 일이 없는 평일 오후에는 애플파이를 만들며 우리가 학교에서 집으로 오기를 기다리셨고, 그럴 때면 나는 평소의 간식 시간보다 더 행복했다.

아버지의 애플파이는 마법의 요리다. 바삭바삭한 겹겹의 파이로 감싼, 시나몬 향이 밴 사과조림의 새콤달콤한 맛이 입안에 퍼지면 꿈꾸는 듯한 기분이 들었다. 애플파이를 먹어본 사람이라면 누구나 그런 기분이 드는 것일까. 애플파이를 대접하면 반드시 한 번 더 만들어달라는 소리를 듣는다. 결혼한 지 얼마 되지 않았을 때, 일본 집에 다녀오면서 이 애플파이를 싸온 적이 있다. 맛에 예민하지만 말수가 적어 요리에 대한 평가를 거의 하지 않는 시아버지께 선물로 드렸다. 시아버지가 이 파이를 드시고 "이런 맛은 태어나서 처음이구나. 또 먹고 싶다" 하시는 게 아닌가! 그 감상을 듣고 남편도 깜짝 놀랐다고 한다. 그 후로 나는 일본에 가면 반드시 아버지의 애플파이를 소중히 싸 들고 온다.

그런데 이 인기 만점 애플파이는 언제나 주문이 끊이질 않아서, 모처럼 있는 아버지의 휴일이 애플파이 굽는 날이 되고 말았다. 요리사가 천직인 아버지께는 휴일이 '모처럼' 있는 날도 아닌 듯, 요리 교실로도 사용했던 친정 부엌에서 묵묵히 애플파이를 구우셨다. 아니, 일흔일곱이 된 지금도 구우신다.

애플파이를 굽는 것은 오븐에 파이 접시를 턱 하고 집어넣고 30분 뒤에 "자아, 완성" 하는 간단한 작업이 아니다. 가장 먼저 해야 할 일은 사과 껍질 벗기기다. 지름 24센티미터 정도의 파이에는 사과 1킬로그램이 필요하다. 한 번 만들 때 최소한 파이 다섯 개는 만드니까, 5킬로그램이 넘는 사과의 껍질을 벗기고 은행잎 모양으로 잘라야 한다. 아버지는 마치 마법사같이 이 작업을 한순간에 끝내셨다.

독일에서 귀국한 후 '셰프의 딸'은 본격적으로 '셰프의 조수' 노릇을 하기 시작했다. 아버지가 집에 계신 날은 학교에서 돌아오면 가장 먼저 부엌으로 달려가 앞치마를 하고서 아버지의 지시를 기다렸다. 아버지는 내게 파운드케이크 거품 내기, 애플파이의 사과 껍질 벗기기와 은행잎 모양으로 썰기를 시키셨다. 아마도 '시키셨다'고 느낀 것은 나뿐이었을지도 모른다. 부엌에서 스트레스를 해소하는 딸을 보고 아버지가 '일부러 시켜주신' 조수 노릇은 아니었을까. 커다란 도마를 앞에 두고 정신을 집중하여 사과 껍질을 벗기고 은행잎 모양으로 썰 때면 학교에서 있었던 싫은 일, 괴로운 일을 모두 잊을 수 있었다. 신기하게도 그런 일들을 잊기만 하는 것이 아니라, 마음이 평온해지며 이제부터 즐거운 날들이 펼쳐질 것 같은 기분이 들었다. '셰프의 조수' 역할을 통해 요리를 만드는 즐거움, 누군가에게 음식을 대접하는 기쁨에 눈떴다.

아버지가 만드시는, 겹겹이 층이 생기는 애플파이 반죽은 밀가루에 버터를 감싸 밀대로 반죽을 밀고 냉장고에서 재워두는 과정을 몇 번이나 반복하며 만든다. 어느 정도 전문가가 아니면 만들기 어려운 반죽이다. 아버지는 임페리얼 호텔의 주방에서 파이 반죽을 수백 수천 번 만드셨을 것이다.

요즘 가끔 애플파이를 만들 때면, 시판하는 애플파이용 반죽을 쓴다. 몇 년 전 친정에 갔을 때도 애플파이 반죽 만드는 방법을 배웠지만 비프스튜와 마찬가지로 서울 집에서는 만들어본 적이 없다. 만들 용기가 나지 않는다. 그래서 지금은 프랑스어로 '타르트'라고 하는, 치대어 만드는 반죽으로 애플파이를 굽고 있다. 애플파이 반죽처럼 층이 생기지 않고 딱딱한 반죽이다. 사과조림의 새콤달콤한 맛은 아버지의 애플파이와 똑같지만, 몇 겹이나 층이 생기는 애플파이 반죽과는 달리 바삭거리지 않아서 불만이다. 수행이 부족해서 그런 것이니 어쩔 수 없는 일이지만 말이다. 어쩌면 애플파이 반죽보다는 타르트 반죽의 소박한 느낌이 나에게 더 잘 어울릴지도 모르겠다.

등유 난로 위에서 보글보글 익어가는 캐비지롤. 크고 납작한 냄비에 양배추로 감싼 다진 고기와 양파가 들어 있고, 냄비 바닥에는 베이컨과 당근 등의 채소가 깔려 있다. 재료의 맛이 적당히 우러나고 서로 어우러지면서 부드럽고 달착지근한 냄새가 집 안 가득 퍼진다.

캐비지롤은 이름처럼 다진 고기와 채소로 만든 소를 타원형으로 둥글린 뒤 양배추 잎으로 돌돌 마는 요리다. 냄비 바닥에 베이컨과 얇게 저민 당근을 깔고 캐비지롤을 올린 뒤 닭 뼈 육수가 있으면 넣고, 없으면 수프 스톡을 녹인 물을 캐비지롤이 잠길 정도로 붓는다. 월계수 잎을 한 장 올리고 약불에서 30분. 뒤집을 필요도 없는 매우 간단한 요리다.

캐비지롤의 기원은 프랑스 오베르뉴 지방의 향토 요리 '슈 파르시 Chou Farci'로, 양배추 한 통의 잎 사이사이에 다진 고기와 채소를 넣고 거즈로 감싸 한 시간 이상 삶는 시골 음식이다.

생각해보면 양배추로 만들 수 있는 요리는 무궁무진하다. 돈가스를 먹을 때 함께 나오는 채 썬 양배추, 한국식 양배추 김치나 양배추 피클. 또 뭐가 있을까. 아, 양배추 코울슬로잘게 썬 양배추와 여러 가지 채소를 마요네즈에 버무린 샐러드도 있고, 돼지고기와 함께 중국 요리처럼 볶아도 된다.

독일 요리 사우어크라우트소금에 절인 양배추를 젖산 발효한 것나 일본의 오코노미야키도 있다. 양배추는 비타민 C와 U가 풍부하고 배추보다 비교적싸다. 겉잎이 푸릇푸릇한 훌륭한 양배추를 슈퍼에서 발견하면 "그냥지나치시나요? 나를 맛있게 요리해주세요, 제발!" 하는 양배추의 애원하는 목소리가 들리는 것 같다. 그러다가 나도 모르게 사버릴 때가있다. 사실 양배추는 사놓고도 '뭘 만들면 좋을까……' 하고 고민하게 되는 재료 중 하나다. 개인적인 취향이지만 양배추는 배추나 양상추만큼 좋아하지 않는다. 적어도 나는 그렇다.

양배추는 공기 중에 포함된 유산균에 의해 자연히 시큼해지므로식초 같은 산미료는 전혀 첨가할 필요가 없다. 예전에 친구에게 병에든 양배추 피클을 받았는데, 식초, 물, 설탕, 소금으로 만든 피클 액에담긴 양배추는 날이 갈수록 산미가 강해졌다. 결국 너무 쉬어서, 모처럼 받은 음식이지만 냉장고에 방치되었다. '요리 잘하는 사람'이란음식을 담는 센스나 특정 재료로 요리를 휙휙 잘 만드는 능력도 물론중요하지만, 시각, 청각, 후각, 촉각 등 다른 감각까지 자극하는 맛을이끌어낼 줄 아는 사람을 뜻하지 않을까. 양배추의 특성을 이해하면양배추 김치나 피클, 사우어크라우트도 맛있게 먹을 수 있을 텐데.안타깝다.

언제나 주인공이 되지 못하는 양배추이지만, 캐비지롤의 양배추는마치 주연배우 같다. 그래서 나는 커다란 겨울 양배추가 나오기 시작하는 늦가을이 되면 캐비지롤을 만든다. 캐비지롤 소에 양파 이외에도 아이들이 싫어하는 채소를 정성 들여 잘게 썰어 섞으면, 식탁에서 입씨름할 것도 없이 눈 깜짝할 사이에 전부 먹어치운다.

가스레인지 위에서 보글보글 익어가는 캐비지롤. 양배추의 달착지근한 냄새는 감정이 풍부했던 사춘기 시절의 추억을 떠오르게 한다. 귓불이 아플 정도로 꽁꽁 얼어붙는 사도의 겨울 저녁, 중학교 때 방과 후 활동이었던 배구 연습이 끝나면 '오늘 저녁 메뉴는 뭘까? 따뜻한 찌개나 전골이었으면……' 하고 꼬르륵거리는 배를 부여잡고 서둘러 집으로 돌아온다. 집에 도착하니 난로 위에서 캐비지롤이 보글보글 익고 있다.

"다녀왔습니다. 와, 오늘 진짜 추웠는데 캐비지롤 맛있겠다!"

"어서 오렴. 자, 손부터 씻고 와서 밥 먹자."

나보다 먼저 집에 와 있던 네 살 아래의 남동생과 수프 접시에 캐비지롤을 담고, 밥과 샐러드도 식탁 위에 차려놓고 어머니와 셋이서 후후 불어가며 캐비지롤을 먹었다. 물론 아버지는 집에 안 계셨다. 저녁 시간에는 레스토랑이 가장 바쁘다. TV 드라마를 보거나 친구들의 얘기를 들어보면 아버지의 귀가를 기다려 함께 저녁을 먹는다는데, 그런 광경이 우리 집에서는 없었던 것 같다. 아버지의 휴일에는 당연히 저녁을 함께 먹었지만, 그런 날은 일주일에 하루밖에 없었다. 그러니 아버지가 안 계신 저녁식사의 추억이 더 많은 것은 당연한 일이다.

내게 캐비지롤이란
사도의 찬바람을 뚫고
자전거를 달려 집으로 돌아오면
나를 기다리고 있던 따끈한 요리다.

어머니는 사춘기 딸과 아들을 위해 바쁜 아버지의 빈자리를 '엄마의 맛'으로 채워주셨다. 캐비지롤을 비롯하여 동생과 내가 '엄마 카레'라고 불렀던 카레나 어머니 스타일로 바꾼 타이완식 물만두, 호박과 두꺼운 우동을 된장으로 끓인 전골, 닭고기를 가득 넣은 화이트스튜. 모두 아버지의 요리와는 달리 평범한 가정 요리였다.

초등학교 3학년 때 독일에서 사도로 온 나는, 섬이라는 상당히 보수적이고 특수한 세계에 어떻게든 적응해가며 중학교와 고등학교 6년간을 나름대로 의미 있게 보냈다. 일본에서는 중학교부터 정규 수업이 끝난 뒤 클럽 활동이 있었다. 의무는 아니었지만, 일본에도 한국의 생활기록부 같은 내신기록부가 있어서 고등학교나 대학교에 진학할 때 방과 후 활동을 얼마나 열심히 했는지가 기록된다. 그래서 특별한 이유가 없는 한, 모두들 특정 부서에 소속되어 있었다. 벌써 30년 전의 이야기지만, 클럽 활동 중에서도 운동부와 비非운동부, 운동부 중에서도 야구나 테니스 같은 주류가 아닌 탁구, 검도 등의 비주류 부서 사이에는 암묵적인 차별이 있었다. 나는 독일에서 사도로 갓 전학 왔을 때의 괴로운 경험이 발목을 잡아끌고 있었던 탓에, 체력도 없고 운동도 그리 좋아하는 편이 아니었지만 오기를 부려 '주류 운동부'인 배구부에 들어갔다.

어릴 적부터 어머니는 내게 "히데코는 정말 노력파라니까" 하고 질린 표정으로 말씀하실 때가 많았다. 지금도 어려운 일이 닥치면 지기 싫어하는 성격이 전면에 드러난다. 그래서 늘 남들보다 더 노력해야만 하는 상황으로 스스로를 내몬다. 사실은 두 아들이 집에 돌아오기를 기다리며 맛있는 간식을 준비하고, 남편의 귀가를 기다리며 우리 가족이 먹을 저녁을 만드는 하루하루도 행복한 일상이 아닐까 생각하기도 한다. 어머니가 우리에게 그러셨던 것처럼. 하지만 나도 모르게 어느 순간 열심히 노력할 대상을 찾아내어 끝장을 본다.

예전에 딱 한 번, 요리 교실에서 캐비지롤을 가르친 적이 있다. 요리 교실 학생 중에 굉장한 영화광이 있다. 그분은 레시피를 보자마자 "오늘 레시피는 얼마 전에 본 〈호노카아 보이〉에 나온 캐비지롤이네요! 아이 좋아라!" 하고 흥분하며 외쳤다. 일본 청년이 하와이의 일본인촌을 방문하며 이야기가 전개되는 영화로, 도중에 일본인 할머니가 캐비지롤을 만드는 장면이 나온다고 한다. 내게 캐비지롤이란 사도의 찬바람을 뚫고 자전거를 달려 집으로 돌아오면 나를 기다리고 있던 따끈한 요리인데, 과연 하와이에서 먹는 캐비지롤은 어떤 맛일까.

캐비지롤을 만들 때 딱 하나 귀찮은 작업이 있다. 양배추 심을 도려낸 다음 찜통에서 찌든, 냄비에 물을 가득 부어 끓여서 데치든, 전자레인지에서 3분간 돌리든 자신에게 맞는 방법으로 양배추 잎의 숨을 죽여두는 일이다. 요리 교실 수업 후, 아마도 그분은 혼자서는 캐비지롤을 만들어보지 않았을 것 같다.

　아버지가 사도에서 '레스토랑 나카가와'를 시작하셨을 때, 가족의 거처와 레스토랑을 같은 땅에 지으셨다. 1층에 우리 가족의 부엌과 거실, 그리고 레스토랑 주방과 홀이 연결된 구조의 집이었다. 남동생과 나는 학교에서 돌아오면 레스토랑과 반대편에 있는 현관문으로 들어왔다. 어머니는 레스토랑이 바쁜 시간이면 우리 집 부엌과 레스토랑 주방을 왔다 갔다 하며 도우셨고, 오전 중에는 홀에 장식할 생화 장식을 도맡으셨다. 당연히 남동생과 내가 레스토랑 주방에 쓸데없이 출입하는 일은 금지되었다.

　예약제로만 운영되는 '레스토랑 나카가와'는 정원이 열 명에서 열다섯 명 정도인 작은 레스토랑이다. 그때까지 외딴섬 사도에서는 관광호텔이나 큰 료칸의 레스토랑에서 간단한 양식은 먹을 수 있었지만, 정통 프랑스 본고장 요리를 먹으려면 페리로 두 시간 걸리는 니가타까지 가야만 했다. 저녁때면 아버지의 프랑스 요리 풀코스를 맛보고 싶어서 예약한 손님들로 언제나 만석이었다. 열 명 정도의 예약이나 특별한 주문이 있을 때면 레스토랑 홀 한가운데에 테이블을 놓아 작은 만찬회 분위기를 풍겼다. 나중에 영화 〈바베트의 만찬〉과 〈달팽이 식당〉을 보았을 때 아버지의 레스토랑이 떠올랐다.

아버지는 주방이 한가해지는 낮 시간에 때때로 요리 교실을 열었다. 손이 많이 가는 프랑스 요리가 아닌 아버지가 새로 만든 '가정에서 손쉽게 만들 수 있는 프랑스 요리' 레시피를 보수적인 사도의 주부들에게 가르쳤다. 남 프랑스의 해산물 수프인 부야베스를 '어부의 수프'라는 좀 더 알기 쉬운 이름으로 소개하거나, 돼지고기 화이트스튜, 요즘처럼 오븐이 일반 가정에 보급되지 않았던 시절 돼지고기를 통째로 손쉽게 요리할 수 있는 포크 포트로스트^{채소를 섞어 만든 고기찜}, 임페리얼 호텔의 콘 수프 등을 그대로 전수하며 셰프의 비법 요리를 가

르쳤다. 이 무렵부터 나에게도 쿠키나 케이크 굽는 방법이 아닌 제대로 된 요리의 기본을 조금씩 가르쳐주셨다. 물론 중학생인 내게 아직 로스트비프나 어려운 본고장 프랑스 요리의 소스는 알려주지 않으셨다. 중학생이 되어 집보다 학교에 있는 시간이 길어진 내가 가끔 주방을 살펴 다른 사람들 없이 아버지 혼자 계실 때 들어가면, 프랑스 요리의 역사 이야기를 들려주며 채소나 고기, 생선 써는 법, 파스타의 기본 소스, 스파게티 면 삶는 법, 화이트소스 만드는 요령 등을 알려주셨다.

레스토랑 주방에 남동생이나 내가 들어가는 것을 아버지보다 어머니가 더 싫어하셨다. 어머니의 성격으로 미루어보아, 주거 공간이 직장과 연결되어 있는 만큼 사생활과 확실히 구분 짓고 싶었던 것이리라. 하지만 그런 어머니 몰래 시험 기간처럼 공부하느라 밤늦게 깨어 있을 때 레스토랑 주방에 잠입하곤 했다.

나는 우리 집 냉장고의 다섯 배 정도 되는 거대한 레스토랑용 냉장고를 들여다보는 것이 좋았다. 은색으로 빛나는 냉장고의 무거운 손잡이를 영차 하고 당기면, 다음 날 요리의 재료로 추정되는 식재료들이 쟁반 위에 질서정연하게 정리되어 있었다. 디저트로 낼 와인젤리와 자몽을 잘라 굳힌 분홍색 자몽젤리, 틀에 들어 있는 초콜릿 무스도 있다. 가정용 냉장고와 달리 하나하나의 공간이 넓은 레스토랑용 냉장고에는 정체 모를 꾸러미나 식재료가 빼곡히 놓여 있었다. 와인젤리라도 슬쩍 먹을까 하고 거대한 냉장고 안쪽에 손을 뻗다가 관두었다. 아무리 한 지붕 아래라고는 하지만, 여기는 아버지의 직장이다. 지금 먹으면 도둑이나 마찬가지다.

'안 돼, 안 돼.'

주방 냉장고를 조용히 닫았다. 이런 내 마음이 통한 것일까. 다음 날 오후, 학교에서 돌아오자 우리 집 냉장고에 자몽젤리 두 조각과 와인젤리 용기가 두 상자 들어 있었다.

와인젤리 위에 휘핑크림을 조금 올리면 와인의 쓴맛과 크림 속 설탕 1큰술만큼의 단맛이 묘하게 어우러져 행복한 기분이 든다. 교복을 갈아입고 부엌에서 곧바로 휘핑크림의 거품을 만들었다. 중학생 정도 되었을 땐 이미 휘핑크림의 프로였다. 눈 깜짝할 사이에 완성된 휘핑크림을, 보르도 와인색 와인젤리 위에 짤주머니로 짠다. 마음에 드는 티스푼으로 떠서 한 입.

'아, 행복해.'

지극히 행복한 순간이다.

맥주를 반주로 즐기던 아버지는 맥주를 딱 한 모금 맛보게 해주셨지만, 대학생이 될 때까지 와인은 마시게 해주지 않으셨다. 하지만 물과 와인과 설탕을 끓여 만든 와인젤리는 알코올이 휘발되어 괜찮다고 하면서 어릴 때부터 먹게 해주셨다.

'빨리 어른이 되고 싶다.'

이런 기분이 드는 디저트였다. 내가 운영 중인 요리 교실에서도 와인젤리와 커피젤리가 가끔 등장한다. 만드는 법이 간단해서, 메인 요리가 손을 바삐 움직여야 하는 것일 때 좋다. 젤라틴 덕분에 여러 가지 식재료를 탱글탱글한 식감이 들도록 만들 수 있는 젤리는 내가 좋아하는 재료 중 하나다. 하지만 유기농 붐이 인 뒤 젤라틴이 소나 돼지의 껍질이나 뼈로 생산하는 콜라겐에 열을 가해 만드는 동물성 단백질이라는 이유로 싫어하는 사람도 있다. 따라서 재료 선택 시 신중을 기해야 하는 식재료다. 요리에 사용하는 판 젤라틴이나 가루 젤라틴은 공업용이나 미술용 접착제에 비해 정제도가 높고 여러 번 살균한 제품이므로, 주스의 당분이나 과자 속 염분보다 몸에 나쁘지는 않을 것이다. 게다가 매일 밥처럼 먹는 음식도 아니니까. 나는 젤라틴이 인체에 미치는 영향보다 '지극히 행복한 순간'에 무게를 두고 싶다.

와인젤리와 커피젤리는 옛날부터 아버지의 단골 레시피였다. 요즘 파티셰들이 만드는 현대적이면서 예술적인 장식으로 꾸민 최신 디저트에 비하면 클래식한 편이다. 아니, 진부한 디저트라고 하는 편이 맞을지도 모르겠다. 플레인 요구르트와 생크림으로 만드는 요구르트 케이크, 초콜릿과 딸기 무스, 바바루아_{우유, 달걀, 설탕, 생크림, 젤라틴 등에 과일즙 등}_{을 넣고 냉각해 굳힌 생과자}. 젤리도 와인젤리와 커피젤리만 있는 것이 아니다. 레드와인 대신 화이트와인으로 만든, 속에 블루베리, 딸기, 라즈베리 등 베리 종류를 잔뜩 넣은 투명한 와인젤리, 과즙이 가득 든 주스를 끓여 젤라틴을 녹인 프루트젤리. 전부 옛날 느낌이 나는 디저트로, 먹으면 어릴 적 추억들이 함께 떠올라 마음이 편안해진다.

젤라틴 대신 일본식 디저트인 양갱이나 미쓰마메_{삶은 완두콩에 과일과 깍}_{둑썰기 한 우뭇가사리를 넣고 당밀을 친 식품}에 쓰이는 식물성 섬유질인 우뭇가사리로 와인젤리를 만들어보았다. 색깔은 예쁘게 나왔지만 역시 탱글탱글한 느낌이 나지 않았다. 작은아들도 "딱딱하고 입안에서 안 녹아~"라며, 냉장고에 며칠간이나 둔 와인젤리를 먹지 않는다. 이제 곧 우뭇가사리의 유통기한이 끝나는데도. 우리 집에서는 우뭇가사리로 와인젤리는 만들지 않기로 했다.

잠깐 동안 어른이 된 기분에 취하게 해주었던 와인젤리와 커피젤리의 달콤함과는 반대로 어릴 적 나에게는 씁쓸한 갈등도 있었다. 중학생이 된 나는 왠지 모르게 어릴 때부터 익숙했던 아버지의 하얀 요리사 복장에 혐오감을 느꼈다. 좌우지간 하얀 요리사복이 싫었다. 초등학교 3학년 때 독일에서 귀국한 후 일본에서, 그것도 폐쇄적인 외딴섬에서 사는 것이 너무나 숨 막혀서 언제나 벗어나고 싶은 마음이었다. 감정이 요동치던 사춘기의 나는 '하얀 요리사복 때문에 이런 섬에서 살게 된 거야' 하고 아버지를 탓하며 비뚤어진 말만 하는 불효녀였다. 고등학생이 되고서는 아버지 앞에서 아버지의 직업을 무시하는 폭언을 퍼붓기도 했다. 그런 딸을 앞에 두고도 그저 묵묵히 계셨던 아버지의 표정이 지금도 기억난다. 곁에서 반항기의 딸을 지켜보던 어머니는 딸이 이해할 수 없는 행동을 할 때면 많이 꾸짖기도 하셨다.

'꼭 매일 정장을 입고 출근하는 사람과 결혼할 거야.'

지금 생각하니 유치한 발상이다. 결국 그 유치한 바람이 이루어진 건지, 남편은 훌륭한 회사원이다. 무더운 여름날 아침에도 양복 재킷에 팔을 넣는 남편이 불쌍하긴 하지만, 남편은 휴일에 외출할 때에도 재킷을 입을 정도로 정장을 좋아한다.

아버지께 반항한 이후로 20년. '요리의 길을 걷지 않았던 이유는 역시 하얀 요리사복 때문인가'라고 말하면 벌 받을 것 같다. 요즘은 그

하얀 옷이 정말 멋있어 보인다. 두 아들 중 한 명에게 말끔하게 다림질을 한, 이니셜이 새겨진 새하얀 요리사복을 입히고 싶다. 이런 생각을 하다니 나도 참 고슴도치 엄마다. 나도 다시 한 번 제대로 요리를 배워서 쉰 살이 넘어 하얀 요리사복을 입게 되면 좋겠다.

애플파이

재료 20cm 파이 1~2개 기준

1 파이 반죽하기

① 바삭하게 굽기 위해서 박력분은 체로 친다. 볼에 박력분과 작게 자른 버터를 준비한다. 버터를 손가락 끝으로 누르듯이 잘게 부수면서 박력분과 섞는다. 이때 반죽하지 않는다.

② 가루와 버터가 섞여서 바슬바슬한 상태가 되면, 가운데 홈을 만들어 물을 조금씩 붓는다.

③ 가루 전체에 물이 섞이면, 손바닥으로 가볍게 누르듯이 치대어, 한 덩어리로 반죽한다.

④ 잘 짠 수건으로 반죽을 싼다. 비닐백에 넣어 냉장고에 1시간 이상 둔다.

파이 속 재료
박력분 250g
버터 145g
찬물 70~80ml
달걀노른자

2 사과조림 만들기

① 사과, 설탕, 레몬 슬라이스를 냄비에 넣고 중불로 끓인다.

② 끓기 시작하면 나무 주걱으로 섞어 10분 정도 조린다.

③ 물로 푼 녹말을 더하고 내용물이 끓으면 시나몬을 넣는다.

사과조림 재료
사과 2.4kg(5mm로 슬라이스)
설탕 312g(설탕은 항상 사과 무게의 13%)
레몬 1개(슬라이스)
녹말 2큰술
시나몬 2큰술

3 반죽에 사과조림 채우기

① 냉장고에서 꺼낸 반죽을 밀대로 밀고 파이 틀에 편다. 조린 사과 1/3을 넣고 그 위에 밀대로 밀어놓은 남은 반죽을 덮는다.

② 틀 끝부분을 포크로 누르고 파이 한가운데에 칼로 십자 모양을 낸다. 달걀노른자를 풀어 붓으로 파이 기지 전체에 바른다.

③ 180℃로 예열한 오븐에서 35~40분간 굽는다.

캐비지롤

1 심을 뺀 양배추를 약간 보들보들해질 때까지 찐 뒤 물기를 뺀다.

2 프라이팬에 버터를 두르고 양파를 볶은 다음 표고버섯을 넣고 같이 볶는다.

3 볼에 다진 고기, 볶은 양파와 표고버섯, 소금과 후추를 넣고 손으로 주무른다. 주무른 덩어리를 8등분해서 달걀 모양으로 만든다.

4 밀대로 양배추 잎을 펴고 3의 소를 넣은 뒤 돌돌 만다.

5 지름 22cm 냄비 바닥에 베이컨, 당근을 깔고 양배추 만 것을 가지런히 올린다. 육수를 부은 다음 소금과 후추로 간을 한다. 월계수 잎을 넣고 중불로 끓인다. 뚜껑을 닫고 약불로 30분 정도 조린다.

재료 4인분

양배추 1개
소고기, 돼지고기 각 100g(다지기)
표고버섯 6개(깍둑썰기)
양파 1/2개(다지기)
닭 육수(혹은 물) 3컵
베이컨 3~4장
당근 1/2개(길게 슬라이스)
버터 1큰술
월계수 잎 2장
소금, 후추

와인젤리와 커피젤리

와인젤리

물과 레드와인, 설탕을 같이 넣고 끓인다. 팔팔 끓기 직전에
레몬 조각을 넣고, 불을 끈 뒤 젤라틴 페이퍼를 넣는다.

커피젤리

물과 원두커피 내린 것, 설탕을 같이 넣고 팔팔 끓이다가 불을
끄고 젤라틴 페이퍼를 넣는다.

1 젤라틴이 녹을 때까지 저어서 식힌다.
2 식은 젤리 용액을 그릇에 담고 냉장고에 넣어 반나절에서
하루 정도 굳힌다.
3 먹기 전에 휘핑크림을 얹어도 좋다.

재료 2인분

와인젤리
레드와인 100ml
물 100ml
설탕 30g
젤라틴 페이퍼(2g, 물에 담가두기)
1장(겨울)~1장 반(여름)
레몬 조각 2개(얇게 슬라이스)

커피젤리
커피 200ml
물 100ml
설탕 40g
젤라틴 페이퍼(2g, 물에 담가두기)
1장(겨울)~1장 반(여름)

대학 생활과 유학 생활

우리 같이 밥 먹을까?

"지난주 토요일에 있지, 긴자에 새로 생긴 이탈리안 레스토랑에 가족들이랑 갔는데 진짜 맛있더라."

월요일, 대학 친구들이 카페테리아에서 점심을 먹으며 이야기한다.

'우리 아빠는 그런 이탈리안 따위보다 훨씬 근사한 프랑스 요리를 만드는 셰프니까, 반짝 유행하고 마는 식당엔 안 갈 거야!' 하고 속으로 비웃으면서도, 아버지와 외식하는 친구가 내심 부러웠다.

주말이나 휴일은 바빠서 평일에 쉬었던 아버지의 직업상, 주말에 가족과 함께 유행하는 세련된 레스토랑에서 식사한 적은 내 기억으로는 딱 한 번밖에 없다.

대학 시절, 가족 모두 잘 차려입고 외식하는 것을 동경했던 나는, 맛있다고 소문난 호텔의 이탈리안 레스토랑에 예약을 했다. 금요일인가 토요일 저녁이었는데 아버지가 어떻게 그때 함께 식사할 수 있었는지 지금까지도 수수께끼다. 어쨌든 저녁 무렵 긴자에서 가족과 만나 레스토랑으로 향했다. 거기서 나는 그 당시 일본에서도 흔치 않았던 오징어 먹물 파스타를 먹은 기억밖에 없다. 아버지가 일하시던 임페리얼 호텔이 아닌 다른 장소에서 우리 가족 모두 식사를 한 것은 그때뿐이었다.

이런 환경에서 자란 데다 맥도날드도 없는 시골에서 상경한 나는, 대학교에 다니면서 새로운 세계를 경험했다. 재수생 시절 학원 친구들과 다닌 맥도날드나 롯데리아, 남자친구와 조금 더 같이 있고 싶은데 가진 돈은 없어서, 커피와 제일 싼 메뉴를 시키고 시간을 보냈던 데니즈²⁴시간 영업하는 일본의 프랜차이즈 음식점가 그랬다. 열심히 아르바이트비를 모아 여자 친구들 넷이서 한껏 치장하고 갔던 아오야마의 세련된 프렌치 레스토랑, 어머니가 '술꾼들이 모이는 곳'이라고 자주 말씀하셔서 어쩐지 들어가기 어색했던 술집, 거기에서 교수님, 연구회 동료들과 함께 뒤풀이를 했던 일도 잊을 수 없다. 당시 아르바이트를 했던 출판사 편집자가 학생들끼리 가기에는 부담스러운 전통 있는 소바 가게에서 한턱냈던 일……. 그 모두가 처음 경험한 맛이었다.

와인 맛에 눈뜨게 된 장소는 대학의 독일어과 연구실이었다. 그때까지 집에서 와인이나 코냑 병을 발견한 적은 있어도 마신 적은 없었을뿐더러, 와인이라고 하면 떠오르는 이미지는 먹다 남은 레드와인으로 만드는 와인젤리 정도였다.

나는 제1지망 대학의 독일어과에 떨어지고, 제3지망 레이타쿠대학교에 입학했다. 구동독의 대학에 교환학생으로 갈 수 있다는 조건 때문에 선택했지만 대학 생활에 그리 큰 기대는 없었다.

'독일어를 빨리 마스터한 다음 동독에 가서 독일계 유명 기업에 취직할까, 아니면 대학원에서 동서독 외교정책을 공부할까……'

나는 4년 후의 미래를 고민하는, 짐짓 어른인 척하는 학생이었다. 하지만 단지 어른인 척하기만 했던 것은 아니다. 그래서였을까, 대학 수업이 끝나면 동기들과 놀기보다 언제나 갓 볶아 향기로운 커피 냄새가 나던 독일어과 공동연구실로 직행했다.

"구텐 탁! 안녕하세요!"

공동연구실 비서인 사토 씨가 나를 반겨준다.

"나카가와 왔구나? 커피 줄까?"

"마셔도 되나요? 감사합니다."

연구실 중앙에 있던, 독일어 책과 서류 등이 놓인 커다란 테이블에 앉아 커피를 마시고 있으면 수업을 마친 교수님들이 하나둘 들어온다. 동기들과 독일어과 선배들도 차례로 들어와, 날이 어두워질 때까지 연구실은 늘 북적거렸다.

가끔 주임 교수님이 연구실의 작은 냉장고에서 차가운 독일산 모제르 와인을 꺼내서, 학생들에게도 조금씩 맛보게 해주었다. 독일어과였기 때문에 교수님도, 독일에서 유학하고 돌아온 선배들도 독일 와인만 마셨는데, 내게는 생애 첫 와인이었다. 프랑스 보르도산 고급 레드와인이 아니라도 아무튼 맛있었다. 술이라고는 대학 입학 후 선배들이 "원 샷, 원 샷" 하는 구호에 맞춰 권한 맥주밖에 몰랐다. 술이 맛있다고 생각하지도 않았다. 하지만 교수님이 준 독일 와인은 꿈처럼 달콤했다.

우연히도 나의 동기들은 모두 와인을 좋아했다. 다들 독일 와인에 매료되어, 마침내는 교수님들이 독일에 와인을 주문할 때 다 함께 한두 상자씩 주문하는 지경에 이르렀다. 차가 없는 학생 신분인지라, 독일에서 도착한 와인 상자를 연구실 창고에 두고 짐이 없는 날 한 병, 두 병 집으로 날랐다. 와인 대금은 모두가 열심히 모은 아르바이트비로 지불했다. 물론 부모님께는 비밀로 하고.

내가 다닌 대학교에는 입학 후 처음 2년간은 아무리 집이 가까워도 기숙사 생활을 해야 한다는 이상한 규칙이 있었다. 외국어 마스터의 지름길은 외국인 유학생과 공동생활을 하면서 같은 학과 친구들과도 그 나라 말로 교류하는 것이라는 의미다. 이런 그럴싸한 명목하에, 학생들이 매 끼니를 스스로 만들어 먹는 기숙사 생활이었다.

집은 가까웠으나 부모님과 따로 산다는 해방감에 즐거운 기숙사 생활이었지만, 어차피 여자 기숙사 통금 시간은 밤 10시였다. 도쿄 도심에서 전철로 50분 거리에 있는 학교까지 돌아오기 위해서는 9시에 딱 맞춰 시부야에서 출발하지 않으면 야간 화장실 청소가 기다렸다. 학교에서 가장 가까운 전철역까지는 도보로 15분 걸리지만, 20분마다 한 대씩 오는 버스를 잘 타면 10시까지 학교에 도착할 수 있었다. 버스를 놓치면 역에서부터 밤거리를 모두 함께 전속력으로 달렸다. 마흔이 넘은 지금도 홍제천에서 한강까지 그럭저럭 달릴 수 있는 것도 그때의 달리기 덕분이 아닐까.

학생 기숙사에는 각 층에 공동 부엌이 있었다. 냉장고, 냄비, 프라이팬 등이 상비되어 있어서 교대로 쓸 수 있었다. 하지만 꽤 많은 학생들이 저마다 20년간 먹어온 음식을 좁은 부엌에서 한꺼번에 만들 수는 없는 노릇이어서 각자의 방에 자기가 쓰는 조리 기구를 보관했다. 나는 전기 오븐 토스트와 3인용 밥솥, 1인용 프라이팬과 한손 냄비 등을 가져와 내 방 찬장에 넣어두었다. 수업과 수업 사이 점심시간에는 부엌이 혼잡해서 주말에 집에서 가져온 미트소스를 공동 냉장고에서 꺼내어 방으로 돌아온다. 반으로 가른 피망 속에 미트소스를 넣고 오븐 토스트 안에 피망을 넣어 지글지글 굽는다. 피망을 굽는 10분 동안 어제 남은 밥을 밥공기에 담고 다음 수업을 준비한다.

아마도 한국 기숙사의 학생들은 다 같이 밥을 먹지 않을까. 한국어 공부를 했을 때나 연세대학교 대학원에 다녔을 때는 연희동에서 자취를 했기 때문에 한국의 대학 기숙사 사정은 잘 모른다. 다만, 많은 사람들이 함께 나눠 먹는 한국의 식문화로 미루어볼 때, 기숙사 방에서 혼자 먹는 일은 없을 것 같다.

저녁식사 시간은 여유가 있어서 북적북적 좁은 부엌에서도 함께 요리하며 자신 있는 요리를 서로 가르쳐주었다. 타이완, 한국, 유럽, 미국 등 다양한 나라에서 온 유학생들이 자국의 요리를 만들어주었는데, 그때 배운 타이완의 물만두는 정말 맛있었다. 요리가 완성되면 누군가의 방에 모여 떠들썩하게 수다를 떨면서 젓가락을 움직였다.

내가 기숙사에서 친구들에게 가르쳐준 요리는 물론 '아버지의 맛'. 이른바 일본식 서양 요리의 대표, 햄버그스테이크였다. 원래는 햄버그스테이크 위에 데미그라스 소스를 끼얹어야 하지만, 기숙사에서 몇 시간이고 소스를 끓이고 있을 수는 없었다. 햄버그를 구운 프라이팬에 남아 있는 육수에 레드와인, 닭 뼈 육수, 우스터소스, 간장, 케첩을 넣어 만든 간단한 브라운소스로 대체했다. 요리나 맛있는 음식을 좋아하는 일본인이라면 햄버그스테이크와 카레를 만드는 나름의 기술을 가지고 있기 마련인데, 나는 아버지께 볼륨감 만점인 햄버그 만드는 방법을 전수받았다. 한국의 명절에 동그랑땡을 할 때에도 다진 소고기와 돼지고기를 섞어 반죽을 만드는데, 일본식 햄버그스테이크도 이 반죽이 기본이다. 가장자리를 잘라 우유에 적신 식빵, 잘 익힌 양파, 달걀 푼 것, 다진 고기의 잡냄새를 없애주는 향신료 너트메그 nutmeg, 소금, 후추를 잘 섞어 반죽한다.

"여기에 케첩이랑 우스터소스를 넣으면 비밀의 맛이 탄생하지."

아버지는 이렇게 말씀하시며 언제나 솜씨 좋게 맛의 비결인 케첩과 우스터소스를 넣었다.

햄버그스테이크의 기원은 독일 함부르크의 노동자들 사이에서 유행했던 타르타르스테이크익히지 않은 소고기를 곱게 다진 뒤 그 위에 달걀노른자를 얹어 피클 따위를 곁들이고 소금, 후추로 조미하여 먹는다로, 이 스테이크의 원형은 13세기경 유럽을 공격한 타타르족의 생고기 요리다.

나중에 동독에서 유학했을 때 룸메이트였던 미하엘라가 이따금씩 책이 잔뜩 들어 있던 가방에서 정육점의 흰 기름종이를 꺼내며 묻곤 했다.

"히데코, 생고기 먹을 줄 알아?"

"일본에도 생간이나 말고기회 같은 생고기 요리를 먹는 사람들이 있긴 한데, 나는 좀……."

"정말? 그래도 한번 먹어보지 않을래?"

흰 접시 위에 놓인, 언뜻 보기에 생 햄버그 같은 덩어리를 포크로 한입 떠먹어보았다. 음? 향신료 맛이 배어 있는 것이 지금까지 먹어본 적 없는 고기 요리 맛이다. 빵에 올려 먹거나 샐러드와 함께 먹기도 한다. 그날 이후 나는 식재료가 적은 동독에서 뱃속에 기생충이 증식하면 어쩌지 하는 걱정을 하면서도 귀국할 때까지 타르타르스테이크를 자주 먹었다.

이 타르타르스테이크는 18세기에서 20세기 전반에 걸쳐 이주한 독일계 이민자들에 의해 미국에도 전파되어, '함부르크식 스테이크'라고 불렸다. 메이지 시대 일본에서는 레스토랑에서 '독일 스테이크' '민치볼'이라는 호칭으로도 불렸던 햄버그스테이크의 역사를, 타르타르스테이크와 만나며 처음 알게 되었다.

일본의 햄버그스테이크는 독일의 타르타르스테이크나 미국의 솔즈베리 스테이크^{프라이팬이나 그릴에 굽기 전에 다진 양파와 양념을 해서 맛을 낸 소고기로 만든 햄버그스테이크}보다는 미국의 대표적인 가정 요리인 미트 로프^{다진 고기, 달걀, 채소를 섞어 덩어리로 구운 것. 얇게 저며서 낸다}에 더 가깝다. 햄버그스테이크는 재료가 간단한 만큼 양파를 볶는 방법, 반죽을 만드는 방법, 굽는 방법에 따라 맛이 달라진다. 따라서 기숙사 부엌에서 가르쳐주기에는 상당히 무리가 있었지만, 기숙사 친구들과 함께 양파를 잘게 썰고 여러 사람의 손으로 철퍽철퍽 햄버그 반죽을 만들고는 치익치익 적당히 태워가며 구웠다. 모두 함께 만들어서인지 소스가 무척 짰다.

지금도 요리 교실에서 햄버그스테이크를 만드는 클래스가 있다. 요리 교실이니까 도쿄의 연화정도쿄에 있는 서양 레스토랑으로 일본 양식 요리의 원조에서 쓰는 것 같은 큰 디너 접시에 햄버그를 놓고 소스를 뿌린 후 익힌 채소를 곁들인다. 이때에는 빵이 아니라 접시에 담은 밥을 함께 낸다.

햄버그스테이크를 배운 직후 한 수강생이, 아들이 학교에서 돌아올 시간에 맞추어 배운 대로 햄버그를 굽고 익힌 채소와 함께 디너 접시에 올리고 런천 매트를 깐 식탁 위에 나이프와 포크를 놓아두고서 아들을 기다렸다고 한다. 그러자 아들이 "엄마! 어떻게 된 거예요? 호텔 같아!" 하고 깜짝 놀라며 매우 맛있게 먹었다는 후일담을 전해 들었다. 햄버그스테이크는 우리 집 식탁에도 2주에 한 번은 등장하는 메뉴다. 손이 많이 가는 요리이긴 해도, 저렴한 재료비로 호화로운 저녁식사를 즐길 수 있다.

독일이 분단 국가였던 1988년 당시, 일본에서 다녔던 대학의 교환 유학제도에 동독 대학 몇 개가 후보에 있었다. 물론 서독 대학도 있었지만, 나는 망설이지 않고 발트 해에 접한 동독의 국립 로스토크대학교 독일어과에 지원했다. 어릴 적부터 청개구리였던 내게는 언제나 남들과 다른 길, 다른 방향으로 가려는 경향이 있었는데 그때도 마찬가지였다. 독일 정부가 실행하는 어학 테스트와 대학에서 치른 유학 시험, 평소 성적이 합산되어 유학 갈 대학이 정해진다. 당연히 동독 대학을 지원한 학생의 경쟁률은 낮아서 동독 비자를 수월하게 손에 넣었다.

어릴 적 서독의 수도 본에 살았을 때 휴일이면 곧잘 가족들과 서독 사람들만 태운 관광버스로 동유럽 여러 나라를 여행했다. 동독을 통과하지 않고서는 체코나 헝가리로 갈 수 없었는데, 어린 마음에 차창 밖으로 보이는 잿빛 공간이 미지의 세계로 보였다. 호기심이 왕성했던 나는 주변 어른들에게 '미지의 세계'에 대해 물어보았지만, 일본에서 온 초등학교 1학년짜리에게는 이해하기 어려운 상황들이었다. 그곳이 동독이었다는 사실을 깡그리 잊어버렸다. 그러다가 중학생 무렵부터 이전에 살던 곳 반대편에, 이데올로기는 다르지만 같은 독일인들이 사는 나라가 있다는 것을 알게 되었고, 그들의 생활이 궁금해졌다.

희망하던 대로 로스토크대학교로 유학이 결정되었다. 1988년 9월, 일본에서 인솔자로 온 교수님과 작별하고 동기들 몇 명과 서독의 함부르크에서 직행으로 가는 동독 로스토크행 기차를 탔다. 우리를 태운 기차는 얼마간 서독의 질서정연한 거리를 달리더니, 이윽고 동서독 국경 역에서 일단 정지했다. 여권 검사 때문이었다. 기차가 다시 천천히 달리기 시작하자, 창문 밖이 점점 흐려졌다.

'이상하다. 조금 전까지는 창밖의 풍경이 선명하게 보였는데……'

거리가 거무스레하게 때가 탄 것은 석탄 매연 때문이었다. 그때 처음으로 동독에서는 석탄이 난방 등 생활에 필요한 연료로 배급된다는 사실을 알았다.

그 당시 나는 현대사 속 동서 대립이나, 공산주의 사상을 가진 동독 사람들과 만나는 것의 어려움 등은 전혀 생각하지 않았다. 단지 '반대편의 독일'이 보고 싶어서 유학할 곳을 정했고, 나의 눈으로 본 동독이 나중에 취직 활동이나 대학원 시험에 도움이 되리라고만 생각했다. 함부르크 역에서 기차를 타고 동독으로 한 걸음 들어서서 지금껏 본 적 없는 풍경을 마주하자, 앞으로 1년간의 유학 생활이 몹시 걱정되었다. 감정적으로 동독을 선택한 것을 후회했다.

'아, 이런 곳에 오는 게 아니었는데……'

어쨌거나 식생활이 무엇보다 우선인 나에게는, 동독의 식료품 사정이 선배들이나 교수님들께 들었던 것보다 훨씬 나쁘다는 것이 가장 충격적이었다. 독일 음식이 입맛에 맞지 않아 먹을 것이 없는 게 아니라, 식료품 배급제였던 동독에서는 매일 손에 넣을 수 있는 식재료가 한정되었던 것이다. 양파, 양배추, 감자, 고기, 햄과 소시지, 달걀, 버터, 우유, 사과, 빵, 동독 맥주밖에 없었다. 비타민 부족이 염려되는 식재료 배급이었다. 그때까지 가리는 음식이 조금은 있었지만 대부분 잘 먹었던 나는 태어나서 처음으로 내 영양 밸런스를 걱정하는 신세가 되었다.

로스토크대학교에서는 학생 기숙사에서 생활했다. 일본의 대학 기숙사도 마찬가지였지만 학생 기숙사 하면 떠오르는 이미지는, 학생들이 쉴 수 있는 안뜰이 있는, 기껏해야 3층 정도의 빌라같이 생긴 건물이다. 하지만 공산 국가의 건물들이 전부 그렇듯 로스토크대학교 기숙사는 무미건조한 20층짜리 건물이었다. 남학생이건 여학생이건, 독신이건 아이를 데려온 주부건, 우리 같은 외국 유학생이건 간에 무질서하게 섞여 생활하는 혼란스러운 세계. 일본에서는 남녀 건물이 따로 있고, 밤 10시면 소등해야 하는 등 규율이 엄격한 기숙사에서 생활했었기에 크게 당황했다. 각 층에는 실험실같이 생긴 공동 부엌이 있었지만, 기숙사에 들어간 후 얼마간은 방에서 나오기가 무서워서 공동 부엌까지 가지도 못했다. 동갑이었던 독일인 룸메이트 미하엘라가 머나먼 일본에서 독일 변방까지 온 내 심정을 헤아렸는지 아침과 저녁을 준비해주었다.

하지만 언제까지 미하엘라의 신세만 질 수는 없었다. 미하엘라 뒤를 따라 부엌을 왔다 갔다 하며 공동 부엌의 사용법과 동독의 식량 사정을 파악하게 되었다. 이윽고 혼자서 배급소에서 식재료를 구하여 기숙사 부엌에서 요리를 하기 시작했다. 조리 기구도 요리할 때마다 내 방에서 가져갔다. 넓은 부엌의 한쪽에 구식 냉장고가 놓여 있었고, 자신의 식재료에 이름을 적어 보관했다. 단, 구하기 힘든 토마토나 오이 같은 재료가 손에 들어오면 전부 내 방으로 가져와 보관했다. 공동 냉장고에 두면 도둑맞을 우려가 있었기 때문이다.

미하엘라는 동독의 열악한 식료품 사정에 대처하는 방법이나 어느 배급소에 어떤 물건이 나왔는지 등의 정보도 가르쳐주었다. 밀가루나 달걀은 언제든지 구할 수 있어서, 미하엘라는 가끔 나에게 바닐라 슈거 향이 나는 소박한 독일 전통 케이크를 구워주었다. 그 옛날 서독에서 먹었던, 생크림이 잔뜩 들어간 케이크에 비하면 정말로 '시골스러운' 케이크였다. 달걀 럼주 케이크, 신선한 플럼 케이크, 드라이프루트 케이크, 호두케이크……. 미하엘라가 여러 가지 케이크 레시피를 적어주었지만, 20년이 지난 지금까지 가끔 만드는 케이크는 '아펠쿠헨Apfelkuchen이다. 사과를 케이크 스펀지에 통째로 묻힌 듯 울퉁불퉁하고 버터가 듬뿍 들어간 케이크다. 물론 동독에는 일본의 유명한 품종들처럼 모양이 훌륭한 사과는 없었다. 벌레가 갉아먹은 구멍투성이

에 알 크기도 작고 신맛만 나는 사과밖에 없었다. 로스토크는 9월에 신학기가 시작되고, 10월이 되면 어두침침한 하늘에 구름이 잔뜩 낀 추운 날이 이어지며 해가 점점 짧아지는 북해에 면한 곳이었다. 이곳에서의 즐거움은 오후 3시경, 수업이 끝나고 기숙사로 돌아와서 미하엘라와 함께 아펠쿠헨을 구워 씁쓸한 홍차와 함께 먹는 일이었다. 행복한 한때였다.

미국, 영국, 일본, 호주 등 자본주의 국가에서 온 유학생들은 부활절이나 크리스마스 같은 휴일에는 갑갑한 동독에서 벗어나 서독에 있는 지인의 집에서 머물렀다. 나도 서독의 뮌헨이나 파사우에 있는 지인의 집에서 지내거나, 본에 가서 어릴 적 친구들이나 신세 진 사람들을 방문했다. 우리 자본주의 국가의 유학생들은 언젠간 동독을 떠나 자유로운 모국으로 돌아갈 터였지만, 그래도 당장 긴 휴일이 다가오면 서독으로 갈 수 있다는 안도감에 들떠 떠들썩해졌다.

여행하기 위해 서둘러 짐을 꾸리는 내 모습을 보고 미하엘라는 "이 나라에 불만은 있지만 모국이니까. 가족들도 있고. 하지만 언젠가 동서독이 통일되면, 반드시 히데코처럼 자유롭게 여행할 거야. 영어도 배우고 싶고. 하고 싶은 일들이 너무 많아"라고 씁쓸한 듯 중얼거렸다.

동독에서 생활해보고, 동독 대학의 친구들과 교류하며 난 막연히 생각했다.

'아, 이 나라가 없어지는 것은 먼 미래가 아닐 수도 있겠구나. 그렇

게 되면 서독과 통일되는 걸까? 앞으로 어떻게 되는 걸까…….'

　일본의 대학으로 돌아와 얼마 지나지 않은 1989년 가을, 베를린 장벽이 허물어졌다.

　대학생이었던 나는 공부가 부족했던 데다 사회 경험도 없어서 그때 느낀 감정을 말로 표현할 수 없었다. 동갑이었지만 언니 같았던 미하엘라와는 베를린 장벽이 붕괴된 후 5년 정도 항공 우편으로 연락을 주고받았다. 나는 일본에서 쭉 같은 곳에 살았으니 도중에 연락이 끊기는 일은 없을 거라고 생각했다. 하지만 그 이후 내가 이 나라 저 나라에서 뿌리 없는 풀 같은 생활을 하는 사이에 미하엘라는 물론 동독의 친구들과 연락이 모두 끊겼다. 미하엘라는 지금 어디서 무엇을 하고 있을까. 만약 연락이 닿는다면 그녀에게 배운 아펠쿠헨을 만들어 사진 찍어 보내고 싶다.

　"20년이나 지났지만 변함없이 만들고 있어."

　이런 메시지와 함께.

← 대학 축제 때 미하
엘라와 함께.

↙ 기숙사 친구들을
초대해 일본 요리를
함께 먹었던 날.

"일본에서 편지가 왔습니다. 가져가세요."

기숙사 현관을 들어서면 오른쪽에 관리실이 있다. 당직인 독일인 여학생이 창구의 작은 창문을 열고 그냥 지나치던 나에게 무뚝뚝하게 항공 우편을 전해주었다.

"고맙습니다."

서방 국가에서 방송되는 TV나 라디오를 마음대로 보거나 들을 수 없는 환경 속에서 일본이나 미국의 정보를 얻을 수 있는 유일한 방법은 편지와 국제전화였다. 게다가 전화는 무뚝뚝한 당직 여학생이 있는 관리실에서 받아야 했다.

'어쩌면 당직 학생은 비밀경찰의 딸일지도 몰라! 설마 일본어도 할 줄 아는 거 아냐?'

심장이 철렁 내려앉았다. 이렇게 의심할 정도로 그녀는 언제나 통화 중인 내 옆에 딱 붙어 앉아 있었다. 설령 그녀가 일본어를 모른다 하더라도 전화를 끊으면 수화기를 대고 있던 귀부터 목덜미까지가 식은땀으로 축축해졌다. 서독의 친구나 지인에게서 전화가 걸려올 때면, 그녀가 귀를 더 쫑긋 세우고 있는 듯한 기분이 들었다.

어머니가 보낸 편지에는 일본 가정 요리 레시피가 적혀 있었다.

"요리는 일본 문화를 독일 사람들에게 전달하는 방법 중 하나라고 생각한다. 친구들에게 멋대로 알려주지 말고 레시피를 참고하여 제대로 가르쳐줘라."

간단한 메모지에 어머니가 써서 보내주신 레시피의 맨 마지막에는 언제나 이런 말이 적혀 있었다. 일본 집에서 같이 살 때에는 어머니의 한 마디 한 마디가 귀찮은 잔소리에 불과했지만, 이렇게 가끔 문장으로 읽으면 자세가 꼿꼿해지고 눈물이 핑 돌기도 했다. 무엇보다도 어머니의 레시피에는 내가 어릴 적부터 먹으며 자란 우리 집의 맛이 적혀 있었다.

동독의 식량 사정을 전화나 편지로 전달한 적이 없긴 했지만, 어머니가 보내주신 레시피의 재료는 동독에서는 거의 손에 넣기 힘든 것들뿐이었다. 하지만 동독의 학생 기숙사에 들어온 시기에 맞추어 1년에 한 번 1인당 두 박스까지 일본에서 생필품을 보내줄 수 있었다. 어머니는 일본 간장, 미림, 멘쓰유_{가쓰오부시 다시, 간장, 맛술, 설탕으로 만든 조미료}, 쌀식초, 돈가스 소스, 혼다시_{일본에서 주로 사용하는 가쓰오부시 맛의 과립형 조미료}, 매실 장아찌, 김, 마요네즈, 라면, 건소바, 우동, 소면, 카레, 건미역 등 보존할 수 있는 온갖 식재료 1년 치를 보내주셨다. 신선한 채소와 고기만 구할 수 있으면 동독에서도 일본 음식을 먹을 수 있는 상황이었다. 하지만 현실은 뜻대로 되지 않았다. 배급소에서 구할 수 있는 것은 감자, 양파, 양배추, 그리고 가끔 당근뿐이었다.

기숙사 부엌에서 어떤 일본 요리를 만들어야 할까 심각하게 고민했다. 먼저 배편으로 도착한 식재료로 만들 수 있는 우동과 소바부터 만들었다. 모두들 젓가락 사용은 처음이라 흥분하며 먹었다. 있을 리 없던 대파 대신에 양파를 물에 씻어 채 썬 뒤 우동 위에 올렸다. 다음으로 만든 요리는 타마고토지 가쓰돈과 소스 가쓰돈. 쌀, 돼지고기, 딱딱한 독일 빵을 직접 잘게 부숴 만든 빵가루, 달걀, 양배추, 돈가스 소스, 미림, 설탕, 간장, 식용유만 있으면 일본 가정 요리를 만들 수 있다. 문제는 쌀이었다.

"엄마가 20킬로그램이나 보내줬으니까 나눠줄게."

일본의 같은 대학에서 온 친구가 나눠준 쌀과 우리 집에서 보내준 쌀, 그리고 서독에 갔을 때 밀가루같이 1킬로그램씩 파는 쌀을 조금 사 온 것, 이렇게 각자의 쌀에서 조금씩 덜어 사용하였다.

타마고토지 가쓰돈은 한국에도 '가쓰돈'으로 잘 알려진 일반적인 덮밥이다. 일본의 다시 국물에 간장, 미림, 설탕, 소금으로 간을 한 후 바싹 튀긴 돈가스를 넣는다. 양파, 대파와 함께 끓인 후 마지막에 달걀을 풀어 넣고 한 번 더 끓이면 완성. 타마고토지 가쓰돈도 모두들 좋아했던 요리 중 하나다. 그리고 소스 가쓰돈. 이 요리는 일본에서도 먹어본 사람만 아는 다소 마이너한 요리다. 어머니가 아버지한테 배웠다고 하셔서, 나는 최근까지도 아버지의 창작 요리인 줄 알았다. 그런데 한국에서 알게 된 일본인 친구가 우리 집에 놀러 왔을 때 소

스 가쓰돈을 만들어주었더니 "어머나, 이거 후쿠이현 가쓰돈이네"라고 하는 것이었다. 그때 처음 아버지가 고안한 가쓰돈이 아니라는 사실을 알게 되어 조금 실망했다. 어쨌든 소스 가쓰돈은 동독에서도 스페인에서도 한국에서도 매우 인기가 많았던 메뉴다. 대체 어떤 가쓰돈이냐 하면, 간장, 미림, 설탕, 돈가스 소스를 분량대로 정확히 냄비에 넣고 조금 끓인다. 이때 돈가스를 바싹 튀겨둔다. 갓 튀겨낸 돈가스를 끓인 소스에 담근다. 그동안 잘 씻은 양배추를 채 썬다. 덮밥용 그릇에 따끈따끈한 흰쌀밥을 담고, 소스를 뿌린 후 양배추를 듬뿍 올린다. 그 위에 소스에 담근 돈가스를 올리고 마지막으로 한 번 더 소스를 뿌리면 끝. 타마고토지 가쓰돈보다 조리가 간단하고, 만들어둔 소스는 냉동하거나 반찬 통에 넣어 냉장고에 두면 2주가량 보존할 수 있어 편리하다.

일본이나 한국에서는 조미료나 식재료를 손쉽게 구할 수 있어서 별것 아닌 레시피일지도 모르지만, 동독에서는 일본에서 보내준 조미료가 없었다면 불가능한 요리였다. 그때 소스 가쓰돈을 함께 먹었던 동독, 체코, 헝가리, 러시아, 아제르바이잔, 남예멘, 시리아, 불가리아, 아르메니아의 친구들. 그리고 스시라면 먹어본 적이 있다고 자랑스럽게 말하던 미국과 영국의 유학생들. 모두들 과연 23년 전의 맛을 지금도 기억하고 있을까. 지금도 소스 가쓰돈을 만들 때면 그 친구들이 볼이 미어지도록 맛있게 먹던 모습이 떠오른다.

배급소에서 사 온 감자, 양파, 당근, 소고기, 그리고 일본의 카레 가루로 카레라이스를 만든 적이 있다. 카레 냄새를 맡았는지, 일본인이 카레를 만들고 있다는 소문을 들었는지, 어느 아시아인 학생이 미하엘라만 있을 때 우리 방에 찾아왔다고 한다.

방으로 돌아온 내게 미하엘라가 이야기했다.

"히데코, 좀 전에 너희랑 똑같이 생긴 남학생이 일본 식료품 중에 뭐였더라…… 왜 얼마 전에 만들어준 매운 거. 카, 카레? 그게 있는지 물어보러 왔었어."

"그래? 누굴까? 로스토크에 일본인은 여학생밖에 없는데. 중국인? 몽골인?"

나를 만나러 온 아시아인 남학생이 누구인지 궁금하긴 했지만 거의 잊었을 무렵, 그가 또다시 찾아왔다. 그는 독일어로 "저기, 일본 카레 좀 나눠줄 수 있을까?"라고 물었다.

깜짝 놀란 나는 '이 녀석은 뭐지? 어디에서 왔는지, 이름이 뭔지는 알려줘야 하는 거 아냐? 이상한 애다'라고 생각했다.

"어…… 근데 너, 어느 나라 사람이야?"

"북한."

'KAL기 폭파 사건도 있었는데…… 어쩌지…….'

일본에서 나오던 북한 관련 뉴스가 머릿속에서 맴돌았다. 무서운 마음이 먼저 들었다.

"저기…… 미안. 카레는 이제 하나밖에 안 남아서, 나도 필요하고. 미안해."

그는 나에게 뭐라고 중얼거리며 난처한 표정으로 돌아갔다. 사실 카레는 다섯 개도 넘게 남아 있었다. 당연히 동독이었으니까 북한에서 온 학생이 있었던 거겠지만, 그가 어떻게 일본 카레를 알고 있었는지, 그 이유와 배경은 그로부터 몇 년이 지나 한국에 와서야 알게 되었다. 일본에 있는 동포들이 북한에 살고 있는 친척들에게 일본산 카레나 다른 식품, 옷 등을 보냈던 것이다. 북한의 사정을 알게 된 이후, 그때 카레를 나눠주었다면 좋았을걸 하고 후회했다. 이렇듯 식생활을 중심으로 한 일들을 겪으면서 동독에서의 하루하루가 지나갔다.

그러던 어느 날 "오늘은 토마토가 나왔다고 하더라" 하는 소문을 들었다. 강의가 끝나자마자 토마토를 구하러 혼자서 배급소 순회를 시작했다. 다른 일본인 유학생들에게 같이 가자고 권해도 좋았겠지만, 어차피 그녀들은 먹는 데 큰 관심이 없다. 토마토를 구하면 조금 나눠주면 된다.

대학교 근처의 배급소에 가봤더니 토마토는 없었다. 노면 전차를 타고서 다음 배급소, 그 다음 배급소를 헤맸지만, 토마토가 없다. 맥이 탁 풀려서 평소에는 가지 않는 낮은 건물이 늘어선 주택가를 터덜 터덜 걷고 있자니, 누군가가 뒤에서 따라오는 듯한 기운이 느껴졌다.

'이런 데서 누굴까……'

뒤돌아보니 동독에서는 거의 못 본 흑인 청년이 따라오고 있었다. 깜짝 놀랐다. 흑인이 아니더라도 동독처럼 스파이나 비밀경찰이 있는 특수한 상황 속에서는 보통 때 다니지 않던 낯선 장소에서 낯모르는 사람이 뒤따라오면 몹시 긴장하기 마련이다. 나는 달리기 시작했다. 그 청년도 뛰어온다. 전속력으로 달아나도 계속 뒤쫓아 오기에 멈춰 섰다.

"헉, 헉…… 왜, 왜 쫓아오는 거야?"

"몽골 사람인줄 알고. 몽골인 유학생한테 물어볼 게 좀 있어서."

"뭐? 난 몽골인이 아닌데."

"그럼 중국인이야?"

동독에서는 외국인을 보아도 공산권 국가에서 왔다고 믿어 의심치 않으니, 일본인이라고는 누구도 생각하지 않는다.

"아니, 일본인. 일본에서 왔어."

"허, 일본인이라고? 왜 이런 나라에 있는 거야?"

"독일어 공부하러 온 거야!"

모르는 녀석이 끈질기게 질문해대니 화가 났다.

"그래? 지금 어디 가는 중인데?"

"오늘 토마토가 배급소에 나왔다고 해서 여기까지 구하러 왔어."

"아, 토마토라면 요 앞 배급소에 있어."

무서운 순간이었지만 그 말을 듣고서 긴장으로 굳었던 얼굴이 풀렸다. 미소가 절로 나왔다.

"당케 쉔!"

흑인 청년에게 고맙다는 인사를 한 후, 서둘러 그가 말한 배급소를 향해 걷기 시작했다. 동독 변방으로 유학 와 있는 걸 보면 아프리카의 공산권 나라에서 온 청년일 것이다. 무슨 공부를 하러 온 걸까? 지나고 나서야 여러 가지 궁금증이 생겼다.

'우리 집 혈통은 아무리 봐도 일본인인데, 나는 몽골인처럼 보이는 걸까?'

이런 생각을 하며 염원하던 토마토를 사서 기숙사로 돌아왔다. 기숙사 친구들 앞에서 나는 득의양양했다. 그도 그럴 것이, 동독에서 토마토를 손에 넣었으니까. 배급제이기 때문에 한 사람이 살 수 있는 양은 정해져 있다. 아마 작은 토마토 여섯 개인가 일곱 개였을 것이다. 이 토마토로 어떤 요리를 할지 미하엘라와 일본인 친구들, 그들의 룸메이트들과 의논했다. 척 보기에도 아직 덜 익은 토마토는 그냥 먹기에는 개수가 부족했고 그리 맛있을 것 같지도 않았다. 그래서 소스로 만들기로 결정했다.

미하엘라가 가끔씩 만드는 요리 중에 '잘 못 만든 펜네'가 있었다.

밀가루 냄새가 나는 펜네를 삶아 버터로 버무리기만 하는 요리다. 토마토소스를 만들어 그 '펜네의 탈을 쓴 밀가루 덩어리'에 버무리면 좋을 텐데. 하지만 여기는 동독이지 이탈리아가 아니다. 독일인도 맛있는 토마토소스 만드는 법을 모른다고 한다.

"그럼 내가 만들어볼게."

후회해봤자 때는 이미 늦었다. 나는 아버지가 자주 만들어주셨던 토마토소스 스파게티를 떠올렸다. 살풍경한 부엌에서 오랜만에 토마토를 먹을 수 있다는 기대로 들뜬 기숙사 친구들에게 둘러싸였다. 양파와 당근을 가늘게 썰어 버터로 볶은 후, 대충 썬 토마토를 함께 넣고 익혔다. 여기에 화이트와인을 넣으면 감칠맛이 나지만 기숙사에 동독 맥주는 있어도 드라이 화이트와인은 없다. 사치스러운 소리를 하면 안 된다. 그렇지, 어머니가 보내주신 물건들 속에 매기 브이용^{매기(Maggi)는 조미료 회사 이름, 브이용은 조미액을 건조해 큐브 형으로 만든 것}이 있었던 것 같다. 아, 있다, 있어! 고형 수프 가루. 프라이팬에 브이용 두 개를 넣고 물을 조금 부어 뚜껑을 덮고 10분. 마지막에 소금, 후추, 설탕으로 맛을 조절한다.

대성공이었다. 소스 가쓰돈이나 우동을 만들었을 때처럼 모두들 눈을 반짝반짝 빛내며 말없이 접시를 비웠다. 요리를 만드는 사람에게 이 이상의 칭찬은 없다. 동독까지 독일어 공부를 하러 갔음에도 불구하고, 나에게는 매일의 생활 중 배급소에서 구한 약간의 재료를

어떻게 잘 살려 맛있는 음식을 만들지가 최우선 과제였다. 대학 과제
는 그 다음 문제. 배가 고프면 요리를 했고, 먹어주는 사람들이 있었
기에 맛있는 요리를 만들 수 있었다. 대학생 때 그런 행복을 느꼈는데
도, 나는 요리의 길로 나아갈 결심을 선뜻 하지 못했다.

　혼자 집에서 점심을 먹을 때, 가끔씩 미하엘라가 만들어준 '펜네를
흉내 낸, 버터로 버무린 밀가루 덩어리'를 과식해서 속이 쓰렸을 때의

느낌을 떠올리며 '진짜 펜네'를 만들어본다. 하지만 내가 만든 펜네에서는 그때의 맛이 나지 않는다.

햄버그스테이크

1 식빵을 우유에 담근다. 부드러워지면 물기를 뺀다.

2 다진 양파를 볶아서 식힌다.

3 볼에 고기 외의 모든 재료를 넣고 섞는다. 여기에 고기를 추가해서 손으로 2~3분간 반죽한다.

4 손바닥 크기만 하게 뭉쳐서 모양을 잡고 빵가루로 살짝 버무린다.

5 프라이팬에 굽는다. 양면이 갈색이 될 때까지 굽다가 물 50ml를 프라이팬에 붓고 뚜껑을 닫는다. 5분 정도 찐다. 이쑤시개로 찔렀을 때 분홍색 육즙이 나오면 조금 더 굽는다.

6 고기를 꺼내고 같은 프라이팬에 소스 재료를 모두 넣고 끓여서 소스를 만든다.

7 브로콜리와 당근은 소금물에 데쳐서 접시에 장식한다.

재료 6개분

소고기, 돼지고기 각 250g(다지기)
양파 1개(중간 크기, 다지기)
식빵 1장
우유 1/2컵
달걀 1개
케첩과 돈가스소스 각 1~2큰술
빵가루 적당량
브로콜리, 당근 적당량
설탕 1작은술
소금, 후추

소스 재료
육즙
레드와인 1큰술
돈가스소스 2큰술
간장 1작은술
케첩 2큰술

아펠쿠헨

1 사과조림을 만든다. 사과는 껍질을 벗기고 반으로 잘라 심지를 뺀다. 바닥이 두꺼운 냄비에 버터를 녹이고 사과를 넣은 뒤 설탕을 뿌린다. 갈색이 될 때까지 중불로 조린다.

2 스펀지를 만든다. 볼에 달걀을 풀면서 설탕을 세 번에 나눠 더한다. 거품기로 잘 섞은 뒤 바닐라에센스를 더하고 밀가루를 넣어 나무 주걱으로 잘 섞는다.

3 상온에서 크림 상태로 녹인 버터에 **2**의 반죽을 넣고 섞는다.

4 바닥과 옆면에 쿠킹 시트를 붙인 케이크 틀에 **3**의 반죽 1/3을 붓는다. 조린 사과를 심지 쪽을 아래로 해서 줄지어 놓고 나머지 반죽을 붓는다.

5 170℃로 예열한 오븐에서 50분 정도 굽고 이쑤시개로 찔러본다. 반죽이 붙지 않으면 완성이다.

재료 지름 20cm 기준

사과조림 재료
사과 4~5개
버터 40g
설탕 90g

스펀지 재료
박력분 200g
베이킹파우더 1작은술
버터 200g
달걀 5개
설탕 200g
바닐라에센스 1작은술

소스 가쓰돈

1 냄비에 소스 재료를 넣고 중불로 3분 정도 펄펄 끓여서 식힌다.

2 갓 튀긴 돈가스를 **1**에 담근다.

3 그릇에 밥을 덜고 가늘게 썬 양배추를 밥 위에 올린다.

4 **3** 위에 한 입 크기로 자른 돈가스를 가지런히 올리고 김을 뿌린다.

재료 4인분
밥 2공기
돈가스
양배추 1/4개

소스 재료
미림 200ml
간장 200ml
설탕 80g
돈가스소스 60ml

토마토소스 펜네

1 프라이팬에 식용유와 버터를 두르고 양파를 볶는다. 소고기를 넣고 계속 볶다가 레드와인을 붓는다.

2 버섯과 토마토를 더하고 뚜껑을 닫는다. 10분 정도 조린다.

3 그 사이에 펜네를 삶는다. 보통 굵기라면 8~9분 정도가 적당하다.

4 설탕, 소금, 후추로 토마토소스의 간을 한다. 펜네를 접시에 담아 그 위에 토마토소스를 붓는다.

재료 4인분

토마토 4~5개(작게 썰기)
펜네 2/3봉지
소고기 300g(다지기)
레드와인 50ml
양파 1개(작게 썰기)
버섯 1팩
식용유 2큰술
버터 1큰술
설탕, 소금, 후추

바르셀로나로 떠나다

우연을 운명으로 만들다

나는 20년 전 바르셀로나에서 사비나를 만났다. 그리고 사비나가 만들어준 토르티야는 2년 반의 바르셀로나 생활 중 가장 맛있는 음식으로 기억에 남았다. 잠재의식 속에는 싫은 기억도 있을지 모르지만, 인간이란 자기에게 좋았던 일, 감동한 일 등 긍정적인 추억만 기억하는 존재다. 그리고 그런 기억 중 하나가 바로 사비나의 토르티야다.

동독에서 교환학생으로 있던 시절, 괴테의 고향 바이마르에서 독일어 하계 강습이 있었다. 그때 금발에 푸른 눈을 한 공산 국가의 게르만족 청년에게 첫눈에 반해 사랑에 빠져 결국 '결실 없는 사랑의 슬픈 결말'을 맛보게 되었다…… 하는 일은 일어나지 않았다. 나는 바르셀로나에서 온 문학청년과 사랑에 빠졌다. 괴테를 사랑하는 문학청년 자우마는 내가 그때까지 상상했던, 셔츠 단추를 세 개쯤 풀어 헤쳐 가슴 털이 보이는 플라멩코 댄서 같은 스페인 남자와 전혀 달랐다. 자우마와의 만남으로 독일학 학자를 향한 내 꿈은 조금씩 멀어져 갔다. 언젠가 꼭 스페인에 가게 될 것 같다는 확신이 들었던 것이다.

그러나 자우마와의 관계는 하계 강습이 있었던 한 달간의 사랑으로 끝나버렸다. 그는 바르셀로나의 대학으로 돌아갔고, 나는 바이마르 북쪽에 있는 로스토크에서 유학 생활을 시작했다. 나름대로 충실

한 유학 기간을 보내고 대학교 3학년 2학기 때 도쿄로 돌아왔다. 졸업 후 진로에 대해 망설임을 느끼면서도 열심히 앞을 향해 달렸다. 하지만 언제나 마음 한구석에는 '바르셀로나에 가볼까……' 하는 생각이 있었다.

나는 어릴 때부터 생각에 생각을 거듭한 끝에 결정을 내리는 신중한 성격이 아니었다. 생각하는 도중에 행동으로 옮기는 경우가 많았다. 그때도 결국 1991년 3월에 대학을 졸업하고 4월에 바르셀로나 공항에 당도했다.

바르셀로나에서 자우마의 대학 친구인 사비나를 알게 되었다. 그녀가 만들어준, 감자가 듬뿍 든 토르티야는 지금도 곧잘 만들뿐더러 요리 교실의 간판 메뉴이기도 하다. 사비나는 대학원생이긴 했지만 결혼을 해서 스페인 가정 요리도 잘 만들었다. 물론 사비나가 주부 경력 20년의 베테랑은 아니니 다양한 요리를 배우지는 못했지만, 그녀에게는 무엇이든 맛있게, 센스 있게 만들어내는 재주가 있었다. 그녀가 주최하는 파티의 요리에는 세련미가 넘쳤다.

부모님의 의견을 묻지도 않은 채 멋대로 집을 나와 바르셀로나에서 생활하기로 결심했던 나의 스물넷 새로운 인생은 참으로 다사다난했다. 한 사람의 어엿한 어른으로 살아가야 했던 험난한 생활 가운데 사비나는 여러 가지를 가르쳐주었다.

토르티야라고 하면 멕시코를 중심으로 한 중앙아메리카의 요리인

타코스나 부리토에 쓰이는, 으깬 옥수수로 만든 얇게 구운 빵을 생각하는 사람들이 많다. 하지만 스페인의 토르티야는 스페인식 오믈렛을 가리킨다. 아메리카 대륙을 식민지로 두었던 16세기, 스페인 사람들이 인디언 전통 요리인 얇게 구운 빵을 보고는, 자기 나라의 오믈렛과 닮았다고 하며 토르티야라고 부르기 시작했다고 한다. 스페인어도 제대로 못하는 나에게 사비나가 구워준 토르티야는, 어릴 적 아버지가 아침 식사 때 만들어주셨던 양파, 치즈, 햄이 든 호텔식 오믈렛이나 도시락의 계란말이와 달랐다. 프라이팬의 형태가 그대로 남아 있는 동그란 키슈_{파이 위에 치즈, 채소, 어패류, 햄과 같은 소를 얹고, 달걀과 우유로 만든 소스를 뿌려 구운 요리} 같은 오믈렛이었다.

기본적인 토르티야는 토르티야 데 파타타^{Tortilla de Patata}, 즉 감자로 만든 오믈렛이다. 충분한 양의 올리브 오일로 얇게 썬 감자를 볶다가 달걀을 넣어 오믈렛으로 만드는 아주 단순한 요리다. 소량의 양파를 넣거나 피망을 넣는 등 취향에 따라 맛이 달라지지만, 원래는 어디까지나 감자만 넣는 요리다. 스페인에서 실시한 어느 설문 조사에 의하면, 최근 몇 년 동안 '스페인 사람이 가장 좋아하는 요리 1위'는 '토르티야', '가장 맛있는 요리'는 '어머니 혹은 배우자가 만든 토르티야'라는 결과가 나왔다고 한다. 토르티야야말로 스페인의 '엄마의 맛'인 것이다.

바르셀로나에서의 생활도 익숙해질 무렵, 저녁 준비를 하는 시간에 부엌에 서 있으면 열린 창문으로 여기저기서 '샤락샤락샤락' 하는 리드미컬한 소리가 들렸다. 대도시라면 어디든 그러하듯이 바르셀로나의 중심가도 피소piso라고 하는 5, 6층짜리 아파트로 거리가 형성되어 있다. 어느 집이라도 안뜰 쪽에 부엌이 있어 치익치익 하고 요리를 하는 소리가 다른 집에까지 들린다. 처음 '샤락샤락샤락'하는 소리를 들었을 때, 포크나 스푼으로 접시나 볼 안에 있는 무언가를 섞는 소리라는 것은 예상할 수 있었다. 그 소리가 얼마간 계속된 다음에는, 가열한 프라이팬에 기름을 두르고 무언가를 볶거나 굽는 고소한 냄새가 났다.

'스페인에서는 모두가 똑같은 반찬을 먹는 걸까…….'

신경이 쓰여서 견딜 수가 없었다. 스페인에는 점심시간 후 오후 2시부터 4시까지 낮잠을 자는 시에스타가 남아 있어서 저녁식사 준비를 밤 8시경에 한다. 따라서 외식이나 주말 파티가 아닌 한, 일반 가정에서는 간단하게 저녁을 먹는다. 그때 주로 먹는 음식이 따끈한 감자 토르티야인데, '샤락샤락샤락' 하는 소리가 토르티야에 쓸 달걀을 푸는 소리였다는 것을 알게 되기까지는 시간이 걸렸다.

어느 날, 사비나가 우리 집에 놀러 온다고 하기에 "아직 잘 못 만들긴 하지만 일본인이 만든 토르티야를 맛보게 해줄게" 하고 약속했다. 아버지가 언제나 젓가락으로 달걀을 풀었기 때문에 나도 똑같이 달걀을 풀고 얇게 썬 감자를 삶은 후 프라이팬에 양파를 볶았다. 나의 요리 과정을 지켜보던 사비나는 "히데코, 아니야, 아니야. 달걀은 포크로 풀어야지. 봐, 결이 부드러워지지? 그리고 감자는 삶으면 안 돼! 같은 프라이팬에 올리브 오일을 듬뿍 넣어서 튀기듯이 익혀야 돼!"라고 훈수를 두다가 결국 보다 못해 요리 도중에 끼어들었다. 그날은 감자가 아까워서 다시 만들지 않은 나의 실패작, 다소 일본풍인 담백한 토르티야에 레드와인을 곁들여 먹었다.

그로부터 20년이 지났다. 나는 몇백 개의 토르티야를 만들어왔던가. 몇백 개는 과장일지 모르지만, 기분상 그 정도는 만든 것 같다. 스페인 요리를 가르치는 입장이 된 지금, 나의 토르티야는 완벽하다고 생각한다. 스페인 길모퉁이에 있는 타파스 바 쇼케이스에 진열해도 뒤처지지 않을 정도다.

아버지께도 포크로 달걀 푸는 비법을 알려드렸는데, 물론 그런 것쯤이야 이미 옛날부터 알고 계셨다.

바르셀로나
산타카타리나 시장의
풍경.

여름이 되면 한국에도 빨갛게 잘 익은 토마토가 나온다. 그런 토마토를 시장이나 슈퍼에서 발견하면 무의식중에 산다. 그러고는 나의 '맛있는 빵집 리스트'에 올라 있는 빵집까지 발걸음을 옮겨, 고소한 냄새를 풍기는 바게트를 산다. 바게트를 사선으로 길게 자르고, 잘 익은 토마토를 반으로 잘라 토마토의 잘린 면을 바게트에 슥슥 문지른다. 그 위에 소금을 뿌리고 올리브 오일을 듬뿍 바르면 완성. 스페인의 판 콘 토마테ᴾᵃⁿ ᶜᵒⁿ ᵀᵒᵐᵃᵗᵉ라는 요리다. 여기까지 하고 나면 그 다음에 생각나는 것은 스페인 햄인 하몬 이베리코ᴶᵃᵐᵒⁿ ᴵᵇᵉʳⁱᶜᵒ와 스페인산 템프라니요 품종의 레드와인이다. 판 콘 토마테 위에 하몬을 올려 덥석 입안에 넣으면, 하몬의 사르르 녹는 기름진 맛과 토마토, 올리브 오일이 어우러진다. 그런데 정작 중요한 하몬 이베리코를 서울에서는 쉽게 구할 수 없다. 백화점의 식료품 코너에서 구한다 하더라도 평소에 간식으로 먹기에는 너무 비싸다. 어쩔 수 없이 그리 진하지 않은 스페인 와인을 마시며 하몬 이베리코 없는 판 콘 토마테를 먹다 보면, 20년 전 바르셀로나 골목 여기저기에 있는 바ᵇᵃʳ를 찾아다닌 일이 문득 떠올라 그리워진다.

바르셀로나 올림픽이 개최된 1992년 여름, 나는 일본에서 대학 졸업을 눈앞에 두고 있었다. 당시는 일본의 버블경제가 절정에 이르렀던 때로, 그리 유명하지 않은 대학의 외국어 학부를 다니고 있던 나조차도 신문사나 출판사에 입사할 정도였다. 하지만 나는 아직 미련이 남아 있던 바르셀로나에 가기로 결정했다. 신문사의 통신원 일을 통해서 가는 것이었다. 동독 유학에서 돌아온 후 교수님 소개로 신문사 국제부 인턴을 했던 적이 있다. 거기에 바르셀로나에 가고 싶은 열의가 통한 것일까, 국제부 부장님과 편집국장님은 파리 지국 직속의 스페인 통신원 자리를 약속하셨다. 얼마 되진 않지만 월급도 받으며 바르셀로나에서 생활할 수 있는 구실이 생겼다.

바르셀로나는 올림픽 준비 기간 중 나 같은 프리랜서 기자나 세계 각국의 미디어에서 수많은 언론 관계자들이 들락거리기 시작해 활기에 차 있었다. 부모님 곁을 떠나 경제적으로도 독립한 나는 여유가 없어 허덕거리긴 했어도 어쨌든 행복했다. 통신원 월급만으로는 방세를 감당하기가 벅차서, 영어나 독일어 통역도 부업으로 해가며 생활비를 벌었다. 경황없는 생활이었지만 일이 끝나는 오후 7시가 되면 일본 언론계의 선배들이나 스페인 친구들과 어울려 여기저기에 있는 바를 찾아다니며 즐겁게 보냈다.

바는 스페인에서도 술집을 뜻하는데, 일본이나 한국의 술집과는 달리 이른 아침부터 문을 열어 아침도 먹을 수 있는 올데이 다이닝이다. 점심시간에는 디저트와 커피까지 포함된, 날마다 메뉴가 바뀌는

(맨 위의 것부터 시계 방향으로) 파타타스 브라바스, 올리브 매리네이드, 칼라마레스, 알본디가스. 맨 왼쪽에 보이는 소스는 노란색 알리올리 소스와 빨간색 로메스코 소스.

코스 요리도 판다. 아침에는 바에서 파는 크루아상이나 토마토를 바른 판 콘 토마테에 하몬과 토르티야를 끼워 넣은 샌드위치, 보카디요_{길쭉한 바게트 사이에 내용물을 넣은 것}, 우유를 듬뿍 넣은 커피 등을 사서 허둥지둥 입안에 넣으며 출근한다. 바르셀로나의 중심가는 다섯 집 걸러 한 집 정도가 바여서, 스페인 사람들은 저마다 자주 가는 단골 바가 있다. 내가 살던 곳 가까이에는 스페인 여성과 결혼한 팔레스타인 사람 레오 아저씨가 하는 바가 있었는데, 나는 이곳에 자주 갔다.

일을 마치고 들르는 바는 바르셀로나 중심가에 있는 유명한 가게들이었다. 바스크 지방 스타일의 타파스가 맛있다거나, 카탈루냐 지방의 카바(샴페인) 종류가 많다거나 하는 곳들. 마음 맞는 친구들과 글라스 와인이나 맥주를 한잔하고 타파스를 한두 접시 주문해 모두 함께 먹는다. 술이 깨면 또 다른 바로 이동. 밤 9시부터 여는 레스토랑의 디너타임까지 바 순례를 하거나 폐점 시간까지 여러 바를 전전하거나 둘 중 하나다. 남자친구였던 자우마, 사이좋은 사비나, 바람둥이 조르디, 스페인계 유대인 아브라함, 내가 바르셀로나를 떠난 후 죽었다는 에이즈 환자 하비엘, 동독에서 만난 사라, 언제나 콜라만 마시면서 종교 이야기를 해대던 독실한 가톨릭 신자 루이스, 미국에서 MBA를 따고 싶다던 비즈니스 우먼 라우라, 일하는 틈틈이 바에서 커피를 마시며 스페인어 특훈을 하던 스페인어 선생님 펠레, 지금도 연락하고 지내는 일본인 준코 씨⋯⋯. 바를 전전하며 그들과 나누었던 온갖 종류의 수많은 이야기들에 시간이 가는 줄도 몰랐다.

타파스는 스페인 남부 안달루시아 지방에서 비롯한 전채, 아니 술 안주 같은 음식이다. 소규모 레스토랑이나 바의 카운터 앞 뚜껑 덮인 쟁반에 항상 5~12종류가 놓여 있다. 지금은 안달루시아 지방뿐만 아니라 스페인 어디에서건 먹을 수 있는 메뉴다. 몇 년 전부터 파에야와 함께 세계적으로 유행하고 있는 음식이기도 하다.

'타파스'라는 스페인어의 어원은 동사 tapar(덮다)이다. 바에서 레드와인을 마실 때 와인 잔에서 풍기는 술 향기가 날아가지 않도록, 또 잔에 파리나 벌이 들어가지 않도록 빵 접시 정도의 작은 접시로 잔을 덮고, 기왕 접시로 덮은 김에 그 위에 술안주를 놓아두고 먹었던 풍습이 타파스의 유래다. 타파스를 집어 들고 접시를 내려놓고, 와인을 한 모금 마시고는 다시 타파스 접시로 잔을 덮고 이야기꽃을 피우는 것이다.

타파스는 작은 포크로 찍어 먹을 수 있는 간단한 형태가 많고, 올리브나 흰 안초비를 비롯하여 감자 샐러드, 바스크 지방 스타일의 꼬치나 이쑤시개를 식재료에 꽂아 요리한 핀초스pinchos, 오징어튀김인 칼라마레스calamares, 스페인식 미트볼인 알본디가스albondigas, 채소가 듬뿍 들어간 작은 파이인 엠파나다empanada, 감자튀김에 토마토소스를 버무린 파타타스 브라바스Patatas Bravas, 하몬 같은 햄이나 치즈, 새우 마늘 볶음, 고기 꼬치구이, 토르티야, 판 콘 토마테 등 다양한 식재료와 요리 방법에 따라 종류가 무궁무진하여 취향대로 하나씩 골라 먹으면 된다. 타파스는 바에서만 먹는 음식이 아니라, 가정에서도 손님을 초대했을 때 메인 요리가 나올 때까지 시간을 때우기 위한 간식으로 가볍게 만들 수 있다.

20년 전 보잘것없는 월급을 받았던 나도 '어떤 걸 먹어볼까……' 하고 망설이면서도, 좋아하는 종류를 마음껏 배불리 먹고 여러 가지 와인도 시음해볼 수 있었다.

당시 한국 돈으로 3천 원만 있으면 타파스 한 접시에 와인이나 맥주 한 잔을 먹을 수 있었는데, 이럴 수가! 얼마 전, 15년 만에 다시 찾은 스페인의 타파스는 한 접시 주문할 때마다 머릿속으로 값을 계산하지 않으면 안 될 정도였다. 스페인이 EU 회원국이 되어 예상은 하고 있었지만, 다음 접시를 주문할 때는 '취향대로' 골라 먹기보다 가격이 싼 메뉴를 고르게 되었다. 먹으면 시각, 촉각, 미각, 후각이 자극받던 하몬 이베리코도 슬라이스 한 접시에 10~20유로여서, 맞은편에 앉아 있는 남편의 표정을 살피며 "주문해도 돼?" 하고 묻고 나서 주문했다. 사실은 '이제 더 이상은 못 먹겠다!' 싶을 만큼 양껏 먹고 싶었지만, 그러면 4인분의 저녁식사비가 없어질 것 같아서 잠자코 있었다.

타파스의 왕자는 하몬 이베리코다. '하몬'은 소금에 절인 돼지고기를 낮은 온도의 건조한 곳에 장시간 매달아두고 숙성한 햄을 뜻한다. '하몬 이베리코'는 이베리아 반도산 흑돼지인 이베리코 돼지로 만든 하몬이다. 흰 돼지의 뒷다리로 만든 햄인 '하몬 세라노'는, 생산량도 많고 가격도 싼 데 비해, 하몬 이베리코는 돼지를 키우는 데도 손이 많이 가고, 출하되기까지 숙성 기간도 길어서 스페인에서도 상당히 비싼 식재료다. 이베리코 돼지 중에서도 도토리 열매를 먹여 키운 돼지의 뒷다리를 2년에서 4년 정도 매달아 숙성한 햄에는 '하몬 이베리코 데 베요타Jamon Iberico de Bellota'라는 이름이 붙는다. 도토리만 먹인 돼지, 도토리와 사료를 먹인 돼지, 도토리를 한 번도 먹이지 않은 돼

지로 등급이 결정되는 실로 엄격한 세계다. 그래서 스페인에서는 크리스마스 때 가족들이 모이면, 집주인이 그날의 햄을 하몬 이베리코로 할지, 하몬 이베리코 데 베요타로 할지 고민 끝에 돼지 뒷다리 하나를 통째로 사 와서 집에서 한 장씩 슬라이스하며 자랑스러운 얼굴로 가족이나 친척, 친구들을 대접한다.

15년 만에 다시 찾은 스페인에서 하몬 이베리코 데 베요타는 결국 먹지 못했다. 그렇지만 옛날 바르셀로나의 바를 함께 전전했던 일본인 준코 씨가 우리 가족을 집으로 초대해준 덕에, 스페인에서 30년간 생활한 전문가가 만든 토르티야와 혀에서 사르르 녹는 하몬 이베리코를 배불리 얻어먹었다. 마침내 스페인을 떠나는 날, 에스파냐의 백화점 체인인 '엘 코르테 잉글레스'의 지하 식료품 매장에 갔다. 마음대로 골라잡아 살 수 있는 하몬 이베리코를 보자 미련이 남았다.

'아, 통째로 사서 한국에 가져가고 싶다……'

장난감 가게에서 갖고 싶은 장난감을 손에 넣지 못해 칭얼대는 어린애가 된 기분이었다. 뒷다리 하나의 무게는 대략 8~10킬로그램이고, 도토리를 먹이지 않은 흑돼지라도 25만 원 정도 한다. 그게 아니라도 어차피 인천공항은 육류 반입이 금지라서, 10킬로그램이나 나가는 돼지 뒷다리를 껴안고 입국할 수 있을 리가 없다. 울면서 마드리드를 떠났다. 아, 하몬, 하몬이 먹고 싶다.

얼마 전까지 우리 집 대문에는 요리 교실 간판이 송구스럽다는 듯
걸려 있었다. 간판 값을 아끼려고 무대 미술 관련 일을 하는 지인에게
부탁하여 합판을 둥글게 잘라, 거기에 아들이 그린 파에야 그림을 옮
겼다. 요즘 유행하는 카페나 레스토랑, 세련된 디자인 사무소에 걸려
있는 간판과는 상당히 다르다.

게다가 'Gourmet Lebkuchen', '구르메 레브쿠헨'이라고 발음하는
이 단어가 검은 글씨로 파에야 주변을 둘러싸고 있다. 요리 교실에 오
는 사람들이야 '아하, 요리 교실의 간판이구나' 하고 생각하겠지만 우
리 집 앞을 지나가는 사람들은 '도대체 여기는 무슨 가게인 걸까?' 하
고 생각할 것이다. 수채 물감으로 그림을 그리고 방수용으로 니스를
바른 간판은 몇 년이 지나자 색이 꽤 바랬다. 아들이 그린 파에야는
파에야처럼 보이지 않는다. 그래서 지난 여름방학 때 작은아들에게
커다란 흰 도자기 접시를 주고, 그 안에 스페인 요리에 쓰인 식재료를
그리는 숙제를 주었다. 이번에는 도자기로 만들어서 누가 돌만 안 던
지면 언제나 문어가 간판 속에서 춤추고 있을 것이다.

'Gourmet Lebkuchen'의 'Gourmet'는 프랑스어로 '미식가, 식도
락가'라는 의미다. 'Lebkuchen'은 독일어로, 진저브레드 같은 독일의

대표적인 크리스마스 과자를 뜻한다. 벌꿀, 시나몬이나 클로브^{정향나무}
^{의 꽃봉오리를 따서 말린 향신료}, 오렌지나 레몬 껍질 절임, 초콜릿 등으로 맛을
내기 때문에 약간 쌉쌀한 맛이 나는 독특한 독일 과자다. 일곱 살 때
독일에 가서 처음 먹었을 때, 시나몬 같은 향신료의 맛이 찌릿찌릿하
게 느껴졌던 레브쿠헨은 그 후 내가 가장 좋아하는 과자가 되었다.

　서론이 길어졌는데, 간단히 말하면 '미식가로 살기'를 지향하
는 나는 내가 좋아하는 레브쿠헨의 이름을 따서 요리 교실 이름을
'Gourmet Lebkuchen'이라고 지었다는 얘기다.

　스페인 요리를 중심으로 지중해 지방의 요리를 가르치는 우리 요

리 교실의 간판 레시피는 파에야로, 요리 교실의 얼굴이라고도 할 수 있는 음식이다. 파에야는 원래 바닥이 넓고 깊이가 얕고 손잡이가 달린 철제 냄비를 이르는 말이다. 파에야 냄비로 만든 요리 자체를 파에야라고 부르면서 그 이름이 세계적으로 알려졌다.

대표적인 파에야는 '파에야 발렌시아나'. 파에야 냄비에 충분한 양의 올리브 오일을 두르고 달군 후 마늘, 양파, 셀러리 등 냉장고에 있는 채소를 잘게 썰어 넣고 닭고기나 돼지 갈비와 함께 볶는다. 토마토, 사프란스페인 요리에서는 빼놓을 수 없는, 암꽃술을 말린 향신료, 씻어놓은 쌀, 생선 육수나 닭 뼈 육수를 더해 쌀이 부드러워질 때까지 최소한의 물을 넣고 가열해 완성한다. 파에야 냄비가 없어도 바닥이 얕은 큰 냄비나 직경이 큰 프라이팬으로 대체할 수 있다. 어쨌든 한 사람이 먹는 요리라기보다는 많은 사람들이 모여 와자지껄 먹는 요리라서 결혼 전에는 거의 만들어본 적이 없다.

한국에서 결혼한 뒤에는 집들이와 돌잔치 등 신혼집에 손님들을 초대하는 경우가 많았다. '한국 사람들이 좋아할 만한, 흔치 않은 요리는 없을까……' 하고 고민하던 끝에 파에야가 떠올랐다. 아직 서울 시내의 레스토랑에 파에야라는 메뉴가 없었던 때였다. 파에야는 전혀 맵지 않은 음식인데도 감자탕 국물로 만든 볶음밥 비슷한 맛이 나 한국 사람들에게도 호평받았다. 새우를 싫어하는 사람이 아닌 한 파에야는 일본인, 미국인, 중국인, 독일인, 호주인 모두가 굉장히 좋아했던 메뉴다. 이로 미루어볼 때 일본의 스시같이 글로벌한 요소를 갖추고 있는 게 분명하다. 하지만 스페인 요리 가운데 파에야만이 세계적으로 유명해진 탓에, 스페인 본래의 요리 체계 안에서 쌀 요리가 가지는 다양성이나 위치가 애매해진 것도 부정할 수 없다.

스페인어로 쌀은 '아로스'다. 쌀을 사용한 요리 자체도 아로스라고 하는데 아라비아어가 어원이다. 8세기에 이베리아 반도에 진출한 아라비아 민족에 의해 스페인에 벼농사가 전해졌다고 하니, 스페인 쌀의 역사는 길다. 아로스의 주류는 쌀알이 긴 인디카 쌀이 아닌, 한국이나 일본에서 먹는 자포니카 쌀과 거의 비슷한 그라노 데 티포 메디오Grano de tipo medio, 중간 크기의 둥근 쌀이다. 아라비아 민족이 코르도바나 그라나다 등 스페인 남부를 중심으로 벼농사를 전개한 것과는 반대로, 스페인 사람들은 지금도 벼농사 지대의 중심인 지중해 연안의 발렌시아 지방에서 벼농사를 시작했다고 한다.

예로부터 스페인의 식생활에서 쌀은 중요한 기본 식재료 중 하나였다. 스페인의 쌀 요리는 뚝배기로 조리하는 카수엘라Cazuela 요리, 바닥이 깊은 냄비로 만드는 푸체로Puchero, 그리고 파에야 냄비를 쓰는 파에야, 이 세 가지로 구분된다. 발렌시아 지방의 벼농사 지대에서 비롯한 파에야 요리의 원형은 '파에야 디 캄포(밭의 파에야)'다. 어패류를 넣지 않고 쌀에 콩과 채소, 토끼고기나 달팽이를 넣고 익혀 먹는 시골풍 요리다. 이 요리와 발렌시아 해안 지방에서 해산물을 넣어 만든

파에야가 합쳐진 것이 현재의 '파에야 발렌시아나'(혹은 '파에야 믹스타'라고도 한다)인데, 스페인 지중해 지역에 분포한 피서지에 오는 관광객들에 의해 전 세계로 전파되었다.

원래 스페인에서 쌀 요리는 아시아 사람들의 주식과는 달리 밀가루나 시리얼 정도로 취급된다. 어디까지나 전채, 즉 메인 요리를 먹기 전에 먹는 음식인 것이다. 하지만 파에야 발렌시아나가 세계적인 스페인 요리로 인식되자, 스페인 사람들도 파에야를 메인 요리로 먹게 되었다고 한다.

파에야 말고도 스페인에는 쌀로 만든 전채가 지역마다 다양하다. 바르셀로나를 중심으로 하는 카탈루냐 지방의 아로스 네그로Arroz negro, 오징어 먹물이 들어간 쌀 요리는 내가 매우 좋아하는 요리 중 하나다. 카수엘라라는 뚝배기에 쌀을 넣고 밥을 짓듯 느긋이 조리하는 요리나, 나는 먹지 못했던 디저트인 달콤한 우유 푸딩, 왜인지는 모르겠지만 쿠바라는 나라의 이름을 딴 아로스 아 라 쿠바나Arroz a la Cubana 등 스페인 쌀 요리에 대한 이야기가 나오면 절로 미소가 떠오른다.

한국에서는 잘 알려지지 않았지만 스페인 요리에는 쌀로 만든 파에야 말고, 다양한 두께의 스파게티 면을 2센티미너 정도의 길이로 자른 피데오Fideo로 만드는 파에야도 있다. 피데오는 슈퍼마켓에서 손쉽게 구할 수 있다. 스페인의 주부는 '오늘 점심은 쌀 파에야로 할까, 아님 피데오 파에야로 할까……' 하고 고민한다. 쌀을 주식으로 하는 문화에서 자란 나는 당연히 쌀 파에야를 메인 요리, 피데오 파에야를 전채로 생각한다. 그래서 피데오 파에야를 만드는 날에는 '메인으로 고기라도 구워볼까……' 하고 생각하니 스페인 주부처럼 어떤 파에야를 만들지는 그다지 고민하지 않는다. 스페인은 쌀을 밀가루 같은 곡류의 한 종류로밖에 취급하지 않는다. 슈퍼마켓에는 쌀이 밀가루처럼 1킬로그램씩 포장되어 심지어 파스타 코너에 놓여 있다. 쌀의 역사가 길어도 식문화의 차이로 인해 같은 식재료의 위치가 이렇게 달라진다.

요리 교실에서도 쌀 파에야를 몇 개 한 다음에는 피데오 파에야를 가르치는데, 한국에서는 피데오 면이 시판되지 않아서 요리 실습 도중 학생들이 스파게티 면을 손으로 부러뜨려야 한다. "2센티로 하세요" 하고 몇 번이나 강조하지만 수작업이다 보니 일정한 길이로 되지 않고 4센티가 되거나 한다. 그렇게 되면 나중에 육수의 수분으로 팽창한 면이 마치 지렁이처럼 변해서 일본인은 '야키소바', 한국인은 '짜파게티' 같다는 감상을 말한다.

의욕에 불타올라 '한국에 알려지지 않은 스페인 요리를 만들자!' 하며 레시피를 정리한 나의 열의는 한풀 꺾였지만, 피데오 파에야는 야키소바나 짜파게티처럼 저도 모르게 계속 먹게 되는 맛인 것 같다. 처음에는 조심조심 입으로 가져가던 포크의 속도가 나중에는 점점 빨라져, 마지막에는 냄비가 텅텅 빈다. 세상에는 수많은 음식과 레시피가 있어서, 다른 문화의 음식을 접할 때면 혀가 춤을 추고 위가 노래를 부른다. 그럴 때야말로 음식을 먹는 행복을 절실히 느끼게 된다.

2011년 봄 마드리드와 바르셀로나에서 가족들과 먹었던 파에야는 내가 15년 전에 배운 파에야와 달랐다. 옛날 바르셀로나에서 적은 월급을 받으며 생활하던 무렵, 나의 유일한 즐거움은 모두 함께 해변의 레스토랑에서 왁자지껄 떠들며 파에야를 먹는 것이었다. 2011년 가족들과 다시 먹은 3인분의 파에야 발렌시아나에는 새우 두 마리, 홍합 네 개밖에 들어 있지 않았다. 그때처럼 모두들 나눠 먹는 요리가 아

2011년 다시 찾은 스페인.
식재료가 넘쳐 가슴이 두근거리는 스페인의
재래시장에서 장 보고 커피 한 잔.

니었다. 웨이터가 완성된 파에야 냄비를 테이블까지 가져와 흘끗 보여주고 난 다음, 안쪽에서 디너 접시에 옮겨 담아 다시 테이블로 가져왔다. 1인분에 26유로(약 41000원). 괜스레 슬퍼졌다.

바르셀로나에 살았을 때 가까이 지낸 친구 부부에게 초대를 받았다. 어느 휴일의 정오, 점심을 얻어먹으러 부랴부랴 그 집에 들어섰다. 부엌으로 가니 파에야를 만드느라 바쁜 친구 옆에서, 친구 남편이 유연하게 무언가를 빙빙 돌리고 있었다.

"올라^{안녕}! 조르디!"

"올라! 어서 와, 히데코. 내가 지금 뭐 만들고 있는지 알겠어?"

"이 막자사발이랑 막자는 처음 보는데……. 설마 알리올리^{Allioli}?"

"응, 알리올리. 카탈루냐에서는 남자가 만든 알리올리가 진짜 알리올리야."

그는 알리올리를 만들고 있었다.

'진짜일까? 내가 일본인이라서 아무것도 모를 줄 알고 나를 놀리는 게 아닐까?'

나는 미심쩍어하며, 올리브 오일을 넣자 사발 안의 내용물이 점점 불어나 부드러운 바닐라 옐로우의 크림색으로 변해가는 '알리올리'를 바라보았다.

"히데코도 해볼래?"

조르디가 매우 중요한 역할을 맡고 있다는 듯 잘난 척하며 권유했지만, 모처럼의 작품을 엉망으로 만들 것 같아서 거절했다. 그날의 점심은 전형적인 스페인의 손님 접대 요리였던 것 같다. 파에야와 그 옆에 있던 알리올리라는 마요네즈 같은 소스밖에 기억나지 않지만. 물론 맛은 있었다.

스페인에서 파에야를 주문하면 '알리올리'라는 크림 상태의 소스가 꼭 따라 나온다. 마늘이라는 뜻의 '아호'와 '아세이테aceite, 올리브 오일 등의 기름'를 섞은 소스로, 바르셀로나 등 지중해 지방에서 '알리올리'라고 부른다. 원래 알리올리는 모르테로mortero, 마늘 또는 약을 가는 스페인 기구로 마늘과 아주 약간의 소금을 섞어 갈고, 여기에 올리브 오일을 조금씩 더하며 유화시켜 희고 끈끈하게 만드는 소스다. 하지만 갈다 보면 손목이 아파서 만들기 어렵다. 머리로 알고 있는 알리올리의 형상이 호락호락 나오지 않는다.

내가 예전에 바르셀로나에서 배운 알리올리 레시피는 마늘 간 것에 달걀노른자를 넣고 잘 섞은 다음 올리브 오일을 더하는 방법이었다. 이 방법도 마늘의 수분이 남아 있으면 오일과 분리되어 실패하지만, 이러한 1할 정도의 실패를 제외하면 만들기 간편하고 마요네즈 같은 순한 맛을 낼 수 있다.

생마늘을 좁은 사발 안에서 갈아 만들기 때문에 알리올리에는 마늘의 엑기스가 충분히 배어 있다. 알리올리를 잔뜩 바른 파에야를 먹은 뒤에는 입안에서 마늘 냄새가 진동한다. 하지만 지금까지 한 번도 입에서 마늘 냄새가 난다는 말을 들어본 적이 없다. 그래서 먹은 후에 신경 쓰이는 입 냄새보다는 여러 가지 식재료 맛의 매력을 한층 이끌어 내는 알리올리의 마력에 언제나 굴복한다. 파에야의 밥, 샐러드, 먹다 만 바게트, 오징어링, 뭐든 간에 알리올리를 발라 먹게 된다. 알리올리의 남용이다.

요리 교실에서 파에야를 가르칠 때, 나는 바르셀로나에서 산 알리올리 전용 막자사발을 꺼낸다. 마치 어떤 의식이라도 시작하듯 조심스럽게. 학생들은 사발을 보면 무엇에 쓰는 물건인지 대충 짐작한다. 먼저 잘게 썬 마늘을 사발에 넣고, 마찬가지로 알리올리 전용인 막자로 간 다음 달걀노른자를 넣는다. 여기까지는 아무도 실패하지 않는다. 그 다음 엑스트라 버진 올리브 오일을 조금씩 넣는데, 마늘과 달걀노른자 섞은 것에 올리브 오일이 한 방울 떨어질 때 알리올리의 운명이 결정되므로 모두들 심각한 눈빛으로 막자를 바라본다. 학생이 만든 알리올리의 마늘, 달걀노른자, 올리브 오일이 삼위일체가 되어 레몬옐로우 색의 마요네즈처럼 되면, 나도 모르게 "와, 정말 잘하시네요! 굉장해요!" 하고 온갖 종류의 칭찬이 튀어나온다. 파에야 요리가 슬슬 최종 라운드에 돌입하여 가스 화로 위에서 보글보글 끓고 있는 20분 동안 학생들은 막자를 교대로 돌려가며 알리올리를 만든다. 요리 교실별로 알리올리의 색깔과 섞는 방법이 미묘하게 다르다. 사진으로는 비교가 불가능해서, 언젠가 '구르메 레브쿠헨 배 알리올리 대회'를 개최해볼까 한다.

스페인 요리는 이웃 나라 프랑스 요리와는 달리 소스의 개념이 발달하지 않았다. 요리와 소스를 각각 따로 파악하는 경우는 극히 적다. 이 중에서도 중요한 소스 가운데 하나가 바로 알리올리다. 스페인 사람들은 이 소스에 해산물뿐만 아니라 소고기, 돼지고기, 양고기 립이나 토르티야 등 소금으로밖에 간을 하지 않는 식재료를 즐겨 찍어먹는다. 단, 생마늘을 못 먹는 사람이나 날달걀을 싫어하는 사람도 있으므로 레스토랑에서는 알리올리 옆에 붉은 소스도 같이 놓아둔다. 로메스코romesco라고 하는 이 소스는 마늘이 들어가지만, 오븐에서 알맞게 구워진 토마토와 붉은 파프리카, 아몬드 파우더, 충분한 양의 올리브 오일, 와인 비니거서양 식초의 하나를 믹서에 넣고 걸쭉해질 때까지 돌려 만든 것이다. 로메스코 소스도 알리올리와 마찬가지로 파에야나 고기, 샐러드에 찍어 먹기도 한다. 요리 교실의 레시피로도 활용한 적이 있지만 알리올리의 남용이 버릇이 된 나는 개인적으로는 자주 만들지 않는다. 비타민이 듬뿍 든 토마토와 파프리카, 철분이 든 아몬드 파우더가 들어 있어 몸에 좋은 소스이긴 하지만.

20년 전 친구의 남편 조르디가 "남자가 만든 알리올리가 진짜 알리올리야"라고 했던 한마디가 왠지 모르게 뇌리에서 떠나지 않는다. 한국에서 결혼한 후 남편에게 파에야를 처음 만들어주었을 때 곧바로 알리올리 만드는 법을 알려주었다. 예의 바르셀로나에서 산 막자사발과 막자로. 처음에는 갈피를 못 잡는 모습이었지만, 남편은 원래 한 가지 일에 빠져드는 성향이 있어 자기 나름대로 알리올리 만드는 방법을 찾아냈다. 지금은 마치 공장에서 대량 생산한 것 같은 완벽한 알리올리를 눈 깜짝할 사이에 만들어낸다. 남편의 솜씨가 좋아지면서 나는 더더욱 알리올리를 만들지 않게 되었다. 더군다나 요리 교실에서도 학생들이 실습으로 알리올리를 만들기 때문에, 요즘 나의 알리올리는 끈적끈적한 느낌으로 완성될 때가 많다. 언젠가 두 아들에게도 알리올리 만드는 법을 전수해줄 예정이다. 내가 가르치는 것보다 남편이 가르치는 편이 더 좋을 것 같다.

한 가지 중요한 것을 빠트릴 뻔했다. 알리올리를 만들 때 굳이 전용 막자사발과 막자를 쓸 필요는 없다. 집에서 수제 마요네즈를 만드는 사람이라면 쉽게 떠올릴 텐데, 알리올리는 블렌더로도 만들 수 있다. 단, 소량의 알리올리를 만들 때에는 잘 섞이지 않으니 어느 정도 많은 양을 만드는 경우에만 가능하다.

생
굴
의

악
몽

"¡Diez, Nueve, Ocho, Siete, Seis, Cinco, Cuatro, Tres, Dos, Uno!
¡Feliz año nuevo! 10, 9, 8, 7, 6, 5, 4, 3, 2, 1! 새해 복 많이 받으세요!"

스페인에는 12월 마지막 날 자정에 시청의 종이 열두 번 울리면, 종
소리에 맞춰 포도 열두 알을 먹는 풍습이 있다.

일본에서는 제야의 종소리를 들으며 가족들끼리 조용히 소바를 먹
는데, 이와는 전혀 다른 풍경이다. 스페인에서는 종소리가 들릴 때마
다 카운트다운을 하며 포도를 한 알씩 입에 넣고 소원을 빌어야 해
서 부산스럽다.

한 해의 마지막 날, 남자친구인 자우마의 집에 초대받았다. 런던에
서 성악을 공부하는 일본인 친구가 크리스마스 휴가를 이용해 바르
셀로나에 와서, 자우마의 가족과 함께 스페인의 그날을 보냈다. 생
굴과 1등급 하몬 이베리코 등 잘 기억나진 않지만 식탁 위에는 크리
스마스 런치 때보다 더 많은 음식이 차려져 있어 호사스러운 느낌이
었다. 그때 나는 태어나 처음으로 껍질이 붙어 있는 생굴을, 레몬즙과
허브가 들어간 비니거 소스에 찍어 후룩 하고 마시듯 먹어보았다. 특
별한 날이니만큼 차가운 카바가 다 마시지 못할 정도로 많이 준비되
어 있었다. 바르셀로나 근교의 와인 생산지인 페네데스산 화이트와인

도 차갑게 준비되어 있었다. 카바도 맛있었고, 태어나서 처음 맛본 생굴도 흔히 먹을 수 있는 음식이 아니라서 꽤 많이 먹었다.

포도 열두 알을 먹는 의식을 마치고 파티가 끝날 무렵, 자우마의 아버지가 "이삼일 정도는 괜찮을 거야" 하며 톱밥상자에 든 남은 생굴을 한 박스 선물해주셨다. 집으로 돌아와 곧바로 냉장고에 넣었다. 이삼일 정도는 괜찮을 거라는 말이 왠지 미심쩍어서, 이튿날 밤에 친구와 둘이서 부엌칼로 껍질을 도려내고 프라이팬에 버터로 구웠다. 잘 씻은 굴에 밀가루를 묻혀 구워가며 레몬즙을 뿌리는 생굴 버터구이는 양식 굴이 맛있는 사도에서 어릴 때부터 자주 먹었던 요리다. 굴튀김이나 굴밥, 굴에 대파를 버무린 것 등 겨울이 되면 어머니가 자주 굴 요리를 만들어주셨다. 이런 이야기를 친구에게 해가며 굴을 구웠는데, 기분 탓인지 어째 냄새가 좀 이상했다. 어릴 적부터 신선한 생굴 냄새가 어떤지 본능적으로 알아서 조금만 다른 냄새가 나도 민감해지는 것 같다고 스스로를 납득시켰다. 친구도 괜찮을 것 같다고 했다. 그리고 둘이서 맛있게 먹었다. 자우마의 아버지가 주신 카바와 화이트와인으로 건배까지 해가며, 앞으로 런던과 바르셀로나에서 어떤 인생을 살 것인지에 대해 각자의 포부로 이야기꽃을 피웠다.

몇 시간 후, 잠들었다고 생각했던 친구가 몇 번이나 화장실을 왔다갔다 하는 기척이 느껴졌다.

'와인을 너무 많이 마신 걸까.'

다시 잠을 청했다. 잠시 후, 나도 토할 것 같은 기분이 들어 황급히 화장실로 달려갔다. 우리 두 사람은 날이 새도록 구토와 설사로 화장실을 교대로 들락거렸다. 생굴이 이미 쉬었던 건지, 우연히 우리가 먹은 생굴에 식중독 균이 들어 있었던 건지 모르겠지만 여하튼 원인은 생굴이었다.

아침이 되자 두 사람 모두 탈수 상태였다. 런던에서 먼 길을 마다 않고 놀러 와준 친구에게 무척 미안했다. 아침 댓바람부터 전화를 걸어 자우마를 깨웠다. 새해 연휴라서 병원도 문을 닫았다. 자우마에게 응급환자 전용 왕진을 부탁해서 어찌어찌 위기를 넘겼지만 이제 두 번 다시 굴을 먹지 않으리라 맹세했다. 친구도 컨디션을 회복하여 이틀 후 런던으로 돌아갔다.

그로부터 몇 년간은 생굴을 보기만 해도 싫었는데, 어찌된 일인지 한국에 온 이후로는 꽤 자주 먹는다. 남편은 회, 스시, 생굴 등 날음식을 매우 좋아하는 사람이다. 결혼하고 나서도 호텔 뷔페에 가면 남편은 맛있게 생굴을 먹었다. 하지만 나는 그날의 악몽을 떠올리며 사양할 수밖에 없었다. 혼자 양껏 먹는 남편이 부럽지도 않았다. 그런데 어느 추운 겨울날, 남편이 노량진 수산시장의 생굴 전문점에서 생굴을 잔뜩 사 와서는 이렇게 말했다.

"이젠 괜찮을 거야."

남편의 말 한마디를 믿고 레몬즙을 뿌려서 후룩 하고 먹었다. 오

랜만에 먹은 생굴은 통통하고 맛있었다. 하나 더, 그리고 또 하나
더……. 열 개도 넘게 먹었다. 하지만 다음 날도, 그 다음 날도 내 몸
에는 아무 변화가 없었다. 지금은 얼어붙을 듯이 추운 계절이 돌아오
면 노량진까지 가거나 단골 생선 가게에 주문해서 거의 매주 먹는다.
그도 그럴 것이, 생오징어보다도 값이 싸니까!

자우마의 어머니는 로사였다. 그녀에게 생굴에 뿌리는 스페인풍 비니거 소스를 배웠다. 화이트와인 비니거에 올리브 오일, 잘게 썬 양파와 빨간 파프리카, 소금, 후추, 이탈리안 파슬리를 넣어 섞으면 완성이다. 파슬리가 없으면 코리앤더^{고수의 씨를 이용하여 만든 향신료}나 바질 잎을 잘게 썰어 섞으면 된다. 이 소스를 생굴에 뿌리면 생굴을 잘 못 먹는 사람도 거부감 없이 먹을 수 있고, 화이트와인을 넣어 만든 홍합이나 바지락 찜에 뿌려 먹어도 맛있다.

로사는 결코 요리를 좋아하는 타입은 아니었다. 하지만 내가 바르셀로나에서 살았던 짧은 기간 동안 자신이 잘 만드는 가정 요리 몇 개를 나에게 가르쳐주었다. 카탈루냐 지방 출신인 로사가 자주 만들었던 요리는 초벌구이한 뚝배기인 카수엘라로 만드는 지중해 요리였다. 카수엘라로 만드는 요리법 '아 라 카수엘라^{a la cazuela}'는 비교적 소량의 소스와 식재료를 뚝배기에 넣고 약불로 천천히 익힌다는 의미다. 초벌구이 한 뚝배기를 유럽 대부분의 나라에서 거의 사용하지 않게 된 이후에도, 스페인에서는 계속 사용하였다. 카수엘라는 조리할 때 사용한 그대로 식탁에 낼 수 있는 편리한 용기로, 지금도 수많은 스페인 사람들의 사랑을 받고 있다. 후추와 사프란, 허브류를 풍부하게 사용하는 카탈루냐 지방에는 마드리드를 중심으로 한 다른 지역보다 카수엘라를 사용한 요리법이 많다.

프랑스어 '캐서롤'은 고기와 채소를 뭉근한 불로 익힌 요리라는 뜻인데, 실은 카수엘라와 똑같은 단어다. '캐서롤'은 19세기 초 프랑스 요리책에 처음 등장했는데, 카수엘라(캐서롤)를 카탈루냐 지방의 간판 요리로 소개하며 사용되었다. 카수엘라는 카탈루냐 지방에 뿌리를 두고 있지만 지금은 스페인 전 지역에 보급되었다.

나는 파에야 냄비로 파에야를 만들지만, 로사는 카수엘라로 파에야를 만들었다. 스페인의 쌀 산지인 발렌시아 지방에는 파에야 냄비로 만드는 쌀 요리법과 카수엘라를 사용하여 파에야보다 밥알을 질게 만드는 요리법이 있는데, 로사가 만드는 파에야는 후자였다. 일요일 점심에 초대되어 자우마의 집에 조금 일찍 가면 카수엘라 안에는 양파를 비롯한 여러 가지 채소와 토마토가 익어가고, 그 옆 쟁반에는 표면만 노릇노릇 구운 토끼고기와 쌀이 놓여 있다. 이제 준비된 재료를 섞기만 하면 된다.

로사는 카수엘라로 '사르수엘라Zarzuela'라고 하는 프랑스의 부야베스와 비슷한 해물스튜도 만들고, '메를루사 아 라 바스카'라고 하는 바스크 지방 요리도 만들었다. 이 요리는 카수엘라에 기름을 두르고 가열한 후, 도미의 일종인 메를루사merluza를 가로로 썰어 파슬리와 바지락 등과 함께 소량의 화이트와인과 생선 육수로 끓여 만든다.

　로사에게 배운 카수엘라 요리 중 내가 가장 좋아하는 요리는 포요 아 라 카수엘라^{Pollo a la Cazuela}다. 남프랑스의 프로방스 지방에도 똑같은 요리가 있는데, 로사의 방식은 이렇다. 우선 닭고기 즉 포요 한 마리를 토막 쳐 소금, 후추로 간을 한다. 그런 다음 카수엘라에 기름을 두르고 가열하여 닭고기 표면이 노릇노릇 익으면 일단 꺼내둔다. 기름을 조금 더하여 양파와 마늘을 말랑해질 때까지 익히고, 버섯도 넣는다. 꺼내둔 닭고기를 다시 카수엘라에 넣는다. 아주 약간의 육수와 소금, 후추로 맛을 낸 후 셰리주^{발효가 끝난 일반 와인에 브랜디를 첨가하여 알코올 도}

^{수를 높인 스페인 와인}나 코냑을 몇 방울 떨어뜨린 뒤 건포도를 넣는다. 그러고는 약불에서 보글보글 끓이면 완성.

언제나 싱글벙글 미소 짓던 로사. 순수한 카탈루냐 사람이었던 로사. 로사가 쓰던 카탈란어^{카탈루냐 지방에서만 쓰이는 언어} 발음은 공용어인 스페인어보다 드세서, 외국인인 나는 잘 알아들을 수가 없었다. 요리를 배울 때에도 절반도 못 알아들어 서로 미소만 짓기도 했다. 하지만 지금 이렇게 요리 교실에서 모두가 행복해하는 스페인 요리를 가르칠 수 있는 것은 모두 로사 덕분이다.

최근 한국인 학생들 수업에서 포요 아 라 카수엘라를 시험 삼아 가르쳐보니 예상보다 반응이 좋았다. 마치 한국의 닭볶음탕 같다고들 했다. 닭볶음탕은 고춧가루가 들어가서 조금 맵지만, 적은 양의 육수로 닭고기와 채소를 익히는 조리법은 똑같다. 학생들은 코냑이 들어가 달착지근해진 닭고기를 열심히 뜯었다.

파에야

1 냄비에 바지락과 홍합, 물, 소금 1작은술, 레몬 조각을 넣고 끓여 육수를 만든다.

2 파에야 냄비 또는 큰 프라이팬(지름 26~28cm)에 올리브 오일을 두른다. 소금과 후추를 뿌린 닭고기와 새우를 노릇노릇하게 구운 뒤 꺼낸다.

3 같은 프라이팬에서 중불로 양파와 마늘을 볶고, 토마토와 양송이를 넣고 계속 볶는다. 이때 소금, 후추로 간을 한다. 구운 닭고기를 프라이팬에 다시 넣고 크게 저어준다.

4 불을 끄고, 씻어서 체에 올려둔 쌀을 프라이팬에 골고루 뿌리고 크게 저어준다. 사프란과 오징어를 넣고 육수에서 바지락을 꺼내 프라이팬에 넣는다.

5 홍합을 건져서 프라이팬에 장식하고 육수를 자작하게 붓는다. 중불로 끓여 국물이 보글보글 끓으면 약불로 20~30분 정도 조린다. 이때 프라이팬 바닥이 타지 않도록 주의한다.

재료 4인분

양파 1개(작게 썰기)

마늘 2쪽(작게 썰기)

양송이 7~8개(얇게 썰기)

토마토 3개(작게 썰기, 완숙 토마토가 없으면 토마토 통조림 1개)

바지락 200g

홍합 8~10개

닭 정육 혹은 닭 날개 300g(한 입 크기로 자르기)

오징어 1마리(내장을 제거하고 링 모양으로 자르기)

새우 10마리(내장 제거)

쌀 2컵

레몬, 사프란(없으면 강황가루) 적당량

소금, 후추, 올리브 오일

알리올리 소스

오리지널 알리올리 소스

1 막자사발 같은 작은 볼에 마늘을 넣고 막자로 부순다.

2 달걀노른자를 넣고 마늘과 함께 막자로 젓는다. 노른자가 크림처럼 되면 올리브 오일을 아주 조금씩 넣으면서 계속 젓는다.

3 분량은 올리브 오일로 조절한다.

간단 알리올리 소스

볼에 모든 재료를 넣고 잘 섞는다.

재료

오리지널 알리올리 소스 재료
마늘 2~3쪽(작게 썰기)
달걀노른자 1개
올리브 오일 약 90~100ml

간단 알리올리 소스 재료
마요네즈 1/4~1/2컵
마늘 3쪽(다지기)
생크림 3큰술
우유 2큰술
올리브 오일 1/2큰술
소금, 후추

로메스코 소스

1 올리브 오일 2큰술을 두른 팬에 손으로 찢은 바게트를 넣고 볶는다.

2 파프리카, 고추, 토마토, 다진 마늘을 더하고 5분 정도 더 볶는다. 다른 그릇에 옮겨서 식힌다.

3 2와 아몬드 파우더, 식초를 섞어 믹서로 간다. 올리브 오일 2큰술, 소금, 후추로 맛을 내고 물로 수분을 조절한다.

4 그릇에 담아서 뚜껑을 닫고 상온에 두세 시간 둔다.

재료 4인분
올리브 오일 4큰술
바게트 3~4쪽
빨간 파프리카 1개
말린 고추 1개
잘 익은 토마토 250g(토마토가 없으면 통조림을 쓴다)
마늘 4쪽(다지기)
아몬드 파우더 2큰술
레드와인 식초(혹은 발사믹 식초) 50ml
소금, 후추

토르티야

1 지름 24~28cm 크기의 프라이팬에 올리브 오일을 넉넉히 두르고 감자를 볶는다. 노릇노릇해지면 건져낸다.
2 같은 프라이팬에 양파를 볶아서 따로 담아둔다.
3 준비한 큰 그릇에 달걀을 풀면서 볶은 감자와 양파를 넣고 소금과 후추로 간을 한다.
4 중불로 데운 프라이팬에 3을 붓고 센불로 표면을 익히다가 뚜껑을 닫고 약불로 5분 정도 한쪽 면을 익힌다. 이때 가끔씩 프라이팬을 흔들어준다.
5 큰 접시나 뚜껑을 프라이팬 위에 놓고 프라이팬을 뒤집어서 접시나 뚜껑 위에 오믈렛을 담는다. 오믈렛을 다시 프라이팬에 넣고 반대쪽 면을 3분 정도 약불로 익힌다.

재료 4~6인분
달걀 6개
감자 6개(1.5cm 크기로 깍둑썰기)
양파 1개(얇게 슬라이스)
식용유+올리브 오일 50ml
소금, 후추
＊파프리카, 주키니, 시금치 등 좋아하는 채소를 한 가지 정도 더해도 좋다.

판 콘 토마테

1 바게트를 1.5cm 두께로 썬다.
2 토마토를 반으로 자른다.
3 바게트 한쪽에 토마토를 문지르고 소금을 약간 뿌린 뒤 올리브 오일을 듬뿍 바른다.

재료 4인분
바게트 1개
완숙 토마토(큰 것) 2개
올리브 오일 적당량
소금, 후추

타파스

칼라마레스 스페인식 오징어튀김

1 오징어는 껍질을 벗겨 몸통은 링 모양, 다리는 3cm 길이로 자른다.

2 볼에 박력분을 담고 물기를 닦아낸 오징어를 넣어 박력분을 잘 묻힌다.

3 170℃ 기름에 오징어가 갈색으로 될 때까지, 튀긴다. (약 45초)

4 뜨거울 때 소금, 후추를 뿌린다. 알리올리 소스에 찍어 먹으면 더 맛있다.

재료 4~6인분
오징어(내장을 제거한 것) 4~5마리
박력분 2컵
튀김용 식용유
소금, 후추

파타타스 브라바스 스페인식 감자튀김

1 감자는 껍질을 벗겨 한 입 크기로 자른다.

2 오븐 플레이트에 베이킹 시트를 깔고 감자를 늘어놓는다. 소금, 후추, 올리브 오일을 뿌리고 220℃의 오븐에서 15분 정도 굽는다.

3 그 사이에 냄비에 토마토, 잘게 썬 양파와 마늘을 넣고 10~15분간 중불로 익힌다.

4 파프리카 파우더, 월계수 잎, 설탕을 넣고 5~10분 더 조린다.

5 1의 감자를 4의 소스에 넣고 잘 버무린다.

재료 4인분
감자(작은 것) 12개
올리브 오일 적당량
소금, 후추

소스 재료
토마토 캔(400g) 1개
양파 1개(잘게 썰기)
파프리카 파우더(혹은 칠리 파우더)
 3작은술
마늘 2쪽(다지기)
월계수 잎 1장
설탕 1작은술
소금, 후추

포요 아 라 카수엘라

1 닭에 마늘과 소금을 골고루 바른 다음 뚜껑을 덮고 1시간 동안 냉장고에 넣어둔다.

2 프라이팬에 올리브 오일을 두르고 중불에서 달군다. 닭의 몸통을 아래로 가게 해서 앞뒤 모두 갈색이 될 때까지 15분 정도 굽는다.

3 다른 냄비에 양파를 넣고 색깔이 연해질 때까지 볶는다.

4 3에 구운 닭을 넣고 와인을 붓는다. 뚜껑을 닫은 채 10분 정도 약불로 끓인다.

5 플럼을 넣은 뒤 소금, 후추로 간을 한다. 중불로 5분 동안 조린다.

재료 4인분
닭(1.2kg, 닭볶음용) 1마리
마늘 2쪽
양파 2개
플럼 10~15개
소금 1큰술
올리브 오일 2큰술
드라이 화이트와인 1컵(혹은 셰리주
나 코냑 3~4큰술)

요리는 나를 어디론가 데려간다

서울에 정착하다

'SARUGA'라고 쓰고, '사러가'라고 발음한다. 'SARUGA'라고 쓰인 낡은 간판의 글자가 강하게 인식되었는데, 한국말로 '사러 가자'라는 의미가 담겨 있다는 사실을 최근에 알았다. '사러가'를 처음 알게 된 건 17년 전이다. 한국어를 공부하기로 결심하고, 바르셀로나에서 일본으로 귀국한 지 얼마 지나지 않아 서울로 와서 하숙집을 구했다. 하여튼 나는 행동하며 결정하는 성격이다. 서울 연희동에 구한 하숙집 코앞에 있던 'SARUGA'는 한국인 남편과 만나기 전부터 다녔던 곳으로, 나와는 정말 인연이 깊다. 'SARUGA' 즉 '사러가 쇼핑'은 생긴 지 40년도 더 된, 서울 한구석의 평범하고 오래된 슈퍼마켓이다. 아니, 정확히 말하자면 슈퍼마켓이었다.

내 주변의 한국 주부들은 내가 왜 '사러가'를 고집하는지 전혀 이해하지 못하는 눈치다.

"××마트나 ○○마트가 훨씬 싸요. '사러가'는 비싼걸요. 지훈이 엄마도 ××마트로 바꿔요."

이렇게 훈수를 두기 일쑤다. '사러가'에 대한 험담을 들으면 왠지 기분이 나쁘다.

'흥, '사러가'에 대해 안 좋게 말하지 말라고요!'

하지만 겉으로는 웃으면서 "어머, 그렇게 비싸지 않아요. 생활용품 같은 건 대형 마트보다 비쌀지 모르지만, 채소도 필요한 만큼만 조금씩 살 수 있어서 쓸데없이 많이 살 필요도 없고요. 수입 조미료는 백화점보다 싸요"라고 열심히 '사러가' 편을 든다.

마치 암호명같이 들리는 '사러가'에 집착하는 사람은 나뿐만이 아니었다. 신촌 근방에 사는 유학생에게 '사러가'는 익숙하지 않은 한국 생활 가운데서도 마음이 푸근해지는 장소였다.

나는 1995년에 한국외국어대학교에서 외국인 대상의 한국어 코스를 수료했다. 하지만 그 후 일본으로 돌아가지 않고 같은 대학의 외국어연구평가원이라는 기관에서 일본어 강사를 하면서 연세대학교 국문학과 석사과정에 들어갔다. 하숙집이 있는 연희동과 한국외국어대가 있는 이문동, 그리고 연세대가 있는 신촌을 왔다 갔다 하며, 바르셀로나에서 살던 때보다 훨씬 더 바쁜 나날을 보냈다. 그래도 대학원의 중간고사와 기말고사, 연구회의 발표 준비에 쫓기지 않을 때에는 매주 금요일 저녁, 한국외국어대 일본어 연수생들이나 연세대 유학생들과 함께 신촌에서 어울려 놀았다. 우리는 대부분 돈 없는 유학생이어서, 돼지고기에 소주로 술잔치를 벌였다.

신촌에서 공부하는 유학생들의 아지트는 '코바우'였다. 이 식당에서 우리는 삼겹살이 아닌 목살을 소금 간해서 지글지글 구워 먹었다. 정말 맛있었다. 정확히는 기억나지 않지만 밑반찬도 딱 두 종류만 나왔다. 맑은 콩나물국이 나왔던 것 같기도 하다. 1980년대 후반 대학생 시절, 도쿄 아오야마의 프렌치 레스토랑은 어디가 맛있더라 하는 정보를 친구들과 주고받았던 우리에게, 코바우는 낡고 오래된 분위기와 A형 간염 전염이 걱정되는 다소 지저분한 공간이라 오히려 재미있게 느껴진 곳이었다. 예약 같은 건 받아주지도 않았다. 시간 나는 어학당 친구가 먼저 가서 창가의 넓은 드럼통 테이블 자리를 맡았다. 한번 열면 다시 닫기 힘들었던 창문을 열어놓고 있으면 "자리 있어?" 하며 일본 유학생들이 하나둘 얼굴을 내밀었다. 이런저런 이야기를 나누는 사이에 소주병은 비고, 도수 높은 술에 약한 일본인들은 돼지고기를 몇 인분 시켰는지도 모를 정도로 취기가 올랐다. 술에 강한 한국인들과는 달리 2차로 노래방에 가지도 못한 채 코바우의 밤은 깊어갔다.

전날 마신 소주로 머리가 아픈 토요일. 그래도 요리를 향한 나의 열정은 뜨겁게 불타올랐다. 대학원 숙제나 일본어 수업 준비 등 해야 할 일들이 많지만 '사람들에게 맛있는 요리를 만들어주고 싶다'라는 욕구가 일단 싹트면 다른 건 보이지 않는다.

숙취로 고생하고 있을 친한 친구에게 전화를 걸어 깨웠다.

"일어났어? 오늘 밤 우리 집에서 해장술 어때? 돼지고기 화이트스튜 만들어줄게."

"아, 히데코? 음, 어떻게 할까……. 아, 속 쓰려. 그래도 갈래."

곧바로 아버지께 받은 레시피 파일을 열고 재료를 확인했다. 아직 숙취로 나른한 몸을 이끌고 '사러가'로 향했다. 다른 요리도 많은데 왜 하필 술 마신 다음 날 느끼한 돼지고기 화이트스튜를 만드느냐 하면, 주말이면 반드시 들르는 '사러가'에서 스튜에 필요한 모든 재료를 살 수 있었기 때문이다. '사러가'는 1990년대 후반에 이미 생크림이나 제대로 된 버터를 구할 수 있는 곳이었다. 사려고 했던 재료가 없어 허탕 쳤던 적이 거의 없다. '사러가' 바깥에는 일본이나 미국에서 직접 물건을 대량으로 사들여 파는 '미제 아줌마'들도 있었다. 마치 서울 속의 외국에 있는 느낌이 들어 마음이 편했다.

무조건 '사러가' 편을 드는 사람은 나밖에 없을 줄 알았는데, 얼마 전 옛날부터 '사러가'에 다닌 일본인 친구가 "'사러가'에 오래 다닌 외국인들은 '사러가'에 있는 상품을 기준으로 생각하잖아. 다른 슈퍼에 갔는데 '사러가'에 있는 물건이 없으면 그 슈퍼는 다시 안 가게 되더라" 하는 게 아닌가. 그렇구나. 몰랐던 사실을 깨달았다.

'사러가'에서 돼지고기 화이트스튜의 기본이 되는 화이트소스의 주재료를 샀다. 일단 제대로 된 버터와 우유. 그리고 일본에서는 닭다리 살로 만들었지만 당시에 '사러가'에는 '뼈 없는 닭다리 살'이 없어서 대신 구입한 삼겹살 덩어리 600그램, 비법의 맛을 내는 데 필요한 생크림. 양파와 감자는 하숙집 부엌에 있으니 마늘만 샀다. 그리고 하숙집이라기보다, 지금은 일반적이지만 그 당시에는 흔치 않았던 '원룸'

의 성냥갑처럼 좁은 부엌에서 돼지고기 화이트스튜를 만들었다. 일본에서는 집 근처 슈퍼에서도 인스턴트 화이트스튜나 하이라이스 가루를 팔기 때문에 간단히 만들어 먹을 수 있지만, 한국에서는 구하기 어려워서 귀찮아도 화이트소스부터 만들어야 한다.

냄비에 버터를 녹이고, 밀가루를 넣어 잘 섞어가며 가열한다. 체온과 비슷한 정도로 미지근히 데운 우유를 조금씩 넣어가며 나무 주걱으로 느긋하게 휘저으면 점차 걸쭉해진다. 이 소스를 돼지고기와 채소를 볶아놓은 다른 냄비에 붓고, 소금, 후추로 간을 맞추면 완성이다. 화이트스튜 가루가 없어도 '간단히' 만들 수 있다. 냄비 안을 지켜보며 화이트소스가 걸쭉해질 때까지 온 정신을 집중해서 나무 주걱으로 휘젓는 몇 분간이, 휘핑크림 거품을 낼 때와 마찬가지로 너무나 좋다. 그래서 나에게는 이 과정이 '간단한' 것일지도 모른다.

커다랗게 깍둑썰기 한 삼겹살이 젓가락이 들어갈 정도로 부드러워지면, '사러가'에서 사 온 마주앙 화이트와인(지금처럼 세계 각국의 와인이 있던 시절이 아니었다)과 맥주를 넣는다. 이때쯤이면 어제의 먹보들이 벨을 누른다. 화이트스튜의 돼지고기와 감자, 당근을 볼이 미어지도록 먹으며 우리가 어떤 이야기를 나눴는지는 생각이 안 난다. 그렇지만 "아, 맛있다!" 하는 칭찬과 모두의 만족스러운 표정은 지금도 떠오른다.

몇 달 전, 약 14년 만에 코바우에서 함께 어울렸던 친구 한 명을 만났다. 연세대학교에서 외교정치학과 석사과정을 밟았던 그는 모 언론사의 서울 특파원으로 가족들과 함께 부임했다. 내 남동생과 나이가 비슷해, 훌륭히 자라 서울로 온 그를 누나 같은 기분으로 맞이하였다. 그런 그에게 생각도 못한 말을 들었다.

"나카가와 씨! 코바우에서 술 먹은 뒤에 다 같이 먹었던 냉소면, 진짜 맛있었어요. 아, 또 먹고 싶다……."

'사러가'에서 사둔 사과와 일본 간장, 어머니가 보내주신 멸치 다시와 소면으로, 술 취한 남동생, 여동생 같은 일본 유학생들에게 냉소면을 만들어준 적이 있다. 옛날에 만들어준 음식을 아직도 기억하고 칭찬해주다니…… 눈물이 날 것 같았다.

'음식은 최고의 휴식이자 의사소통의 수단이며, 행복이다.'

여러 나라를 돌아다니며 쌓은 경험과 요리 교실 수업을 통해 나름대로 확립한 요리 철학이다. 이 친구의 말로 나의 철학이 증명되었다. '사러가'의 기업 비전도 '차세대를 위한 친환경 식재료의 공급과 먹거리를 통한 이문화 교류를 도모하고, 먹고 살기 위한 식재료보다 즐겁기 위한 식재료를 제공한다'라고 한다. '사러가'가 단지 생크림이나 강낭콩을 구하기 위해 가는 동네 슈퍼마켓이 아니라, 지난 17년간 갈 때마다 마음이 편해지는 장소였던 이유를 알 것 같다. 나도 큰 시장에 가서 좀 더 신선한 식재료를 싸게 살 때도 있고, 마트에서 두루마리 휴지 같은 생활용품을 잔뜩 사올 때도 있다. 하지만 '사러가'는 안

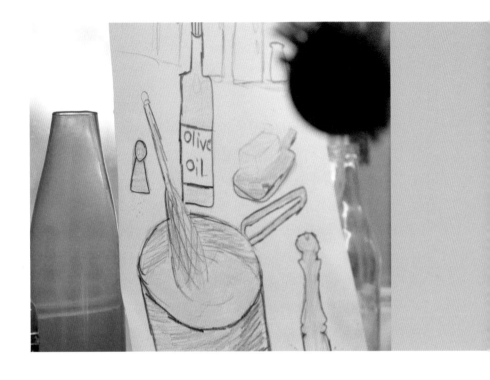

도감을 주는 장소이고, 동네 사람들과 마주치는 커뮤니케이션의 장
이기도 하다. 그곳을 장을 보고 나올 때면 작은 행복감을 느끼기도
한다. '사러가'를 고집하는 데에는 이러한 이유가 있다. 오늘도 나는
장바구니를 들고 리노베이션 공사를 끝내 몰라보게 깔끔해진 '사러
가'로 향한다. 돼지고기 화이트스튜는 또 언제 만들까?

남편에게 처음 만들어준 요리는 카르보나라였다. 오뎅이나 니쿠자 가 같은 일본 가정 요리를 만들어달라고 할 줄 알았는데, 카르보나 라라니, 솔직히 좀 난처했다. 남편이 말한 건 내가 일본이나 유럽에서 먹었던 카르보나라가 아닌 '미국식 카르보나라'. 만들 줄 모른다고 하 기 싫어서 혼자서 끙끙거렸다. 그 무렵 한국은 대형 서점에 세계 각 국의 요리책이 진열되어 있지도 않았고, 인터넷 검색도 수월하지 않 았다. '미국식 카르보나라'의 레시피를 쉽사리 찾을 수 없었던 나는, 장차 남편이 될 남자친구에게 요리를 잘하는 면을 어필하고 싶어서 고육지책을 썼다. 일본에 계신 아버지께 전화를 한 것이다.

"아빠! 미국식 카르보나라는 어떻게 만들어요?"

남자친구에게 만들어줄 거라는 말은 차마 못했다.

"흠, 글쎄다. 크림치즈랑 생크림에 달걀을 섞으면 비슷하게 되는 거 아니냐?"

수화기 너머 아버지의 대답도 애매했다.

"알겠어요. 만들어볼게요. 고마워요."

갑자기 왜 그런 걸 만드느냐고 물어보실 것 같아서, 서둘러 전화를 끊었다.

'크림치즈라니…… 왠지 미국 느낌이 나는데?'

곧바로 '사러가'에 갔다. 있다, 있어. 필라델피아 크림치즈! 달걀과 크림치즈, 판체타소금과 향료로 처리한 이탈리아식 베이컨이나 훈제하지 않은 말린 베이컨 대신 베이컨, 1990년대에는 '사러가'에도 없었던 이탈리아 직수입 파르메산 치즈 대신, 녹색 원통형 용기에 든 크래프트 가루치즈를 사서 하숙집 부엌으로 돌아왔다. 시험 삼아 먼저 만들어보기 위해서였다.

그때까지 먹어본 카르보나라에는 크림치즈가 들어가지 않았다. 내가 배운 카르보나라는 페코리노 로마노pecorino romano나 파르미지아노 레지아노parmigiano-reggiano, 즉 파르메산 치즈를 섞어 만드는 요리였다. 볼에 달걀노른자 세 개와 생크림 조금, 파르메산 치즈, 소금을 섞고 스파게티 면을 삶은 물을 조금 넣는다. 여기에 알덴테스파게티 면을 삶았을 때 안쪽에서 단단함이 살짝 느껴질 정도를 말한다로 삶은 면을 넣고 버무린다. 접시에 옮겨 담고 바삭바삭하게 구운 베이컨을 올린 후 카르보나라의 어원과 관련된 후추를 듬뿍 뿌리면 완성되는 간단한 요리다.

이탈리아어로 카르보나라는 석탄 캐는 광부라는 뜻이다. 광부들이 휴식 시간에 파스타를 만들었는데, 손에 묻은 석탄가루가 떨어지면 이런 모양이겠거니 하고 검정 후추를 듬뿍 뿌린 것이 카르보나라 소스의 기원으로, 상당히 담백한 맛이 난다. 크림치즈를 넣으면 과연 어떤 맛이 날까.

삶은 스파게티 면을 달걀 물에 넣고
재빨리 버무려야 한다.
그러지 않으면 달걀 물이 멍울진다.

일단 원래의 카르보나라 소스와 같은 방법으로 볼에 재료를 넣고, 파르메산 대신에 고체 크림치즈를 적당량 잘라 손으로 부수어가며 볼에 넣고 섞었다. 나무 주걱으로는 치즈가 달걀에 잘 섞이지 않았다. 거품기를 써봐도 액화가 쉽지 않다.

'어떻게 할까…… 그렇지! 생크림을 넣어보자.'

나는 냉장고에 우유가 없는 것보다 생크림이 없는 것이 더 불안해서 늘 냉장고에 생크림을 준비해둔다. 반 컵 정도 넣어보았다. 그러자 크림치즈도 점점 녹아서 달걀에 잘 섞였다. 원래 생크림을 넣는 레시피는 달걀이 굳는 것을 방지하기 위한 수단이다. 즉 생크림을 넣으면 실패할 리 없는 것이다. 거품기로 달걀을 섞고 있는데 스파게티 면이 거의 익었다. 국자로 면을 삶은 물 약간을 볼에 넣고 섞으니 크림치즈 덩어리도 모두 녹아서 내 멋대로 상상했던 걸쭉한 미국식 카르보나라 소스가 완성되었다. 후추를 듬뿍 뿌리고 소금으로 간을 하여 삶은 스파게티 면에 섞은 뒤 구운 베이컨과 치즈를 뿌렸다. 진한 카르보나라였다.

로마의 지방 요리에 불과했던 카르보나라는, 제2차 세계대전 때 이탈리아에 진주한 미군이 달걀과 베이컨을 배급하면서 이탈리아 전 지역에 전파되었다고도 한다. 달걀과 베이컨을 좋아하는 미군 사이에서 후추가 듬뿍 들어간 카르보나라가 인기 메뉴로 부상하여, 미국으로 돌아간 군인들에 의해 이 레시피가 미합중국 전체로 퍼졌다는 얘기도 있다.

'어쩌면 남자친구가 먹고 싶다고 한 카르보나라는 담백한 로마식일지도 몰라……'

카르보나라의 역사를 떠올리자 갑자기 불안해졌다. 그래도 나는 그에게 곧바로 전화를 걸어 다음 주 주말에 '미국에서 먹었던' 카르보나라를 만들어주기로 약속했다. 혼자 시험 삼아 한 번, 그리고 그때 남편에게 만들어준 것으로 끝난, 크림치즈를 넣은 '스파게티 알라 카르보나라Spaghetti alla Carbonara, 카르보나라의 정식 이름'. 그 당시에는 남편도 연신 맛있다고 하며 먹긴 했지만, 결혼하고 나서 "그때 먹은 카르보나라 한 번 더 만들어줘" 하고 말한 적이 없다. 지금은 요리 교실 레시피에도 들어가 있는, 달걀과 파르메산 치즈로만 만드는 로마식 '스파게티 알라 카르보나라'만이 우리 집 식탁에 등장한다. 아이들이 유치원에 다닐 때부터 만들었는데, 일본식 명란 스파게티와 더불어 가장 좋아하는 파스타 중 하나다. 그러고 보니 뭐든지 만들어주기만 하면 불평불만 없이 잘 먹는 남편이 정작 좋아하는 파스타가 무엇인지 모르겠다. 이참에 물어봐야겠다.

이러한 연유로 나의 카르보나라는 사랑의 큐피드 역할을 완수하였으며, 그 후 남편은 답례로 설로인 스테이크소고기 중에서 등심의 연한 부위를 구운 것를 만들어주었다. 코바우에서 자주 어울렸던 친구와 함께 마주앙 프랑스 와인을 들고 스테이크를 얻어먹으러 갔던 기억이 난다. 그때

나 지금이나 남편은 고기 굽는 기술이 천하일품이다. 연애 시절의 추억을 떠올리면 음식만 생각나는 것은, 언제나 맛있는 음식을 만들거나 먹는 일에 정신이 팔려 있었기 때문일까. 남편을 만나고 나서의 추억을 떠올려보면 먼저 요리 이름이 생각나고, 그런 다음 어디서 누구와 어떤 이야기를 하며 먹었는지가 차례차례 생각난다. 데이트를 하면 반드시 한 번은 함께 밥을 먹게 되니 남편과는 수많은 음식을 먹고 마셨다. 지금도 선명하게 기억하는 메뉴가 몇 가지 있다. 우선 어릴 때부터 정말 싫어했던 장어를 한국식으로 숯불구이 해서 먹은 '꼼장어 구이', 여주인이 갑자기 "아가씨, 이 사람이랑 반드시 결혼해야 돼"라고 말했던 인사동의 한정식 집. 점쟁이가 미래를 꿰뚫어본 것 같은, 기쁘기도 하고 무섭기도 한 기분이 들었다. 거기서 마신 동동주의 부드러운 맛. 또 지금은 절대 만들어주지 않지만, 연애 시절 남편이 "내가 제일 좋아하는 밥이야" 하며 만들어준 완두콩밥. 그 밥은 어머니가 소금을 약간 넣고 만들어주신 짭조름한 완두콩밥보다도 더 맛있었다.

결혼 후 첫아들의 돌까지 2년간, "아직 한국에 대해서 아무것도 모르니까 함께 살면서 배워라" 하는 시부모님의 뜻으로 두 분을 모시고 살았다. 카르보나라로 시작된 우리 사랑에 얽힌 이야기들이 그렇게 같이 먹은 요리와 함께 차례로 떠오른다.

나는 인생에서 자립을 배우는 시기인 20대에 일본을 떠나 홀로 마음 내키는 대로 살았다. 부모님의 충고나 조언을 그대로 받아들인 적이 없다. 그런 탓에 시부모님께 무엇을 지적당할 때도 그것을 잘 받아들이지 못했다. 미숙한 한국어, 혹은 잘 알고 있다고 생각했던 한국 문화와의 충돌 등 사소한 일로 자주 시부모님과 부딪쳤다. 시어머니께 된장찌개나 곰탕을 배웠을 때는 '나는 이렇게 안 만들 거야. 훨씬 더 맛있는 된장찌개를 만들어 보일 테야' 하고 의욕에 가득 차서는, 일주일에 한 번 무형문화재인 고故 황혜성 선생님께서 운영한 궁중음식연구원에 몰래 다니기 시작했다. 옹알이를 갓 시작한 아들을 시어머니께 맡기고 말이다. 황혜성 선생님의 따님인 한복려 선생님께도 요리를 배우며 3년간 원서동 연구원에 다녔지만, 결국 된장찌개도 곰탕도 시어머니의 맛을 훌륭히 계승하고 말았다.

"지금까지 만들어준 요리 중에 뭐가 제일 좋아?"

오랜만에 남편에게 애교스럽게 물어보았다.

"오이랑 햄이랑 사과가 들어간 포테이토 샐러드랑 굴튀김! 그리고 겨자를 찍어 먹는 일본식 오뎅."

파에야나 부야베스 같은 각종 호화 요리를 만들어준 것에 비해서는 꽤나 소박한 대답이었다. 사람의 미각이란 원래 그런 것일지도 모르겠다.

큰아들이 배 속에 있던 때의 일이다. 홀몸이 아니긴 했지만 외출하는 데는 지장이 없던 시기여서, 컨디션이 좋을 때는 시어머니께 이런저런 핑계를 대고 외출하곤 했다. 그날은 마침 아침 일찍부터 시어머니가 집에 안 계셨다. 약속이 있었던 나는 '어차피 금방 돌아올 테니 설거지는 집에 와서 해도 되겠지' 하고 서둘러 준비를 마치고 집을 나섰다. 몇 년 만에 일본에서 온 친구와 점심을 먹고 기분 좋게 돌아왔다. 그런데 아파트 열쇠를 열쇠구멍에 꽂자마자, 귀에 익숙한 경상도 사투리의 성난 목소리가 들려왔다.

"부엌도 정리 안 해놓고 대체 어딜 나다니노!"

"아…… 저…… 죄송합니다. 아침에 좀 바빠서……."

그러나 여기서 고분고분하게 반성하고 물러설 내가 아니다. 나는 어릴 적부터 억울하게 야단맞으면 쓸데없이 흥분하곤 했다. 어떻게 말대꾸를 했는지 정확히 기억나진 않지만 "저는 이 집 식모가 아니에요!" 하고 눈물을 흘리며 외쳤고, 시어머니께서 설거지를 하셨던 것 같다.

이런 일이 있긴 했지만, 우리 시어머니가 TV 드라마에 나오는 것 같은 악독한 시어머니는 아니다. 나 스스로는 한국의 생활 습관과 문화에 익숙해졌다고 생각해도, 홈스테이가 아닌 결혼이라는 형태로 가족이 된 사람들과의 생활에는 개인적인 감정이 부딪치기 마련이다. 호랑이 시어머니이기는커녕, 모신 지 15년이 되었지만 주변의 여러 시어머니들과 비교해보면 우리 시어머니는 한국에서는 정말 좋은 시어머니다. 그때 시어머니는 단지 부엌 정리를 하지 않고 외출하면 집에 돌아왔을 때 산더미처럼 쌓인 접시를 보고 기분이 개운하지 않다고 말씀하시려던 것뿐이었다. 지당한 말씀이다.

매년 아이들을 데리고 일본 친정에 간다. 술을 좋아하는 아버지와 나는 매일 밤마다 저녁 반주를 하는데, 둘이서 밤늦게까지 소소한 화제로 이야기꽃을 피운다. 프로 셰프인 아버지는 아무리 피곤하거나 술에 취해도 마지막 뒷정리는 끝내놓고 주무신다. 한 번은 내가 뒷정리를 할 차례였는데 와인을 너무 많이 마셔서 방심하고는 와인 잔을 싱크대 위에 두고 잠들어버렸다. 다음 날 아침, 가장 먼저 일어난 어머니가 그 와인 잔을 발견하셨다.

"네가 이러고도 요리 선생이라니 부끄러워서 남들에게 말할 수가 없구나. 개수대를 항상 깨끗이 정리하는 건 요리사의 기본이잖니."

아침부터 설교가 시작되었다. 요리를 잘하는 사람은 부엌 개수대에서의 움직임이 민첩하다. 조수가 없는 요리 교실에서는, 가급적 내가 개수대에 쌓이는 쟁반이나 볼을 짬 나는 대로 씻어둔다. 가끔 자연스럽게 개수대를 정리해주는 학생들은 모두들 내가 요리 선생이라

는 것이 머쓱해질 정도로 평소부터 요리를 잘했던 사람들이다. 시어머니도 어머니도, 며느리이고 딸인 나에게 잔소리를 하시면서도 중요한 메시지를 전달하려고 하셨던 것이다.

시어머니와는 그 후에도 몇 번 충돌이 있었다. 문화 차이로 소통이 잘 안 된 것이다. 첫아들을 시어머니가 돌봐주셨는데, 목욕 방법과 이유식 등 육아의 여러 면에서 나와는 생각이 맞지 않았다. 남편과 시아버지를 곤란하게 할 정도로 옥신각신했다. 결국 첫아들이 돌을 맞을 무렵 시아버지가 독립을 권하셔서, 그때까지 모아둔 돈과 융자를 받아 우리 세 가족은 이사를 하였다.

2년간의 동거에서 해방된 나는 먼저 부엌에서 쓸 조리 기구를 샀다. 마구 사들였다. 일본의 어머니께도 부탁하여 일본제 냄비와 기타 물품들을 배편으로 몇 박스나 받았다. 시댁에 살 때는 무언가 만들고 싶어지면 재료를 사 와서 시어머니의 냉장고 구석에 넣어두고 썼다. 냄비와 프라이팬도 편하게 쓸 수 없어서, 부엌에서 요리하기가 불편했다. 그런데 새 아파트의 부엌은 좁아도 내 마음대로 쓸 수 있어 정말 행복했다. 다시 '아버지의 맛'이 적힌 레시피 파일을 책장에서 꺼냈다.

시부모님과 같이 살던 당시, 큰아들의 백일과 돌잔치를 집에서 치렀다. 남편 직장 동료들이 스무 명 넘게 축하해주러 온 성대한 파티였다. 메뉴를 정하고 재료를 사는 것에서 요리까지 전부 혼자서 해냈다. 물론 남편과 시어머니, 친구들이 도와주긴 했어도 처음으로 스무 명

넘는 사람들에게 식사를 대접한 것이다. 무모한 모험이긴 했지만 즐거워서 견딜 수가 없었다. 이를 계기로 사람들을 집에 불러 맛있는 음식을 대접하는 일에 자그마한 행복을 느끼게 되었다.

분가해 새집으로 이사 온 후, 둘째 아들을 임신하고 출산했다. 역시 첫째 때와 마찬가지로 백일과 돌잔치, 그리고 집들이까지 집에서 치렀다. 어릴 적부터 일기나 용돈기입장을 끈기 있게 써보려고 노력해도 작심삼일로 끝날 때가 많아서, 4페이지째부터는 누렇게 바랜 빈종이만 있는 노트나 메모장이 책장 사이에서 발견되곤 했다. 나는 기록하는 것을 잘 못하는 사람이다. 재미가 없다. 기록을 좋아하는 남편은 이따금 뭐라고 하기도 한다. 지금처럼 요리 일을 하려고 했었다면 첫째의 백일잔치 때부터 메뉴를 기록해두었어야 했는데, 생각이 거기까지 미치지 못했다. 기록이 없으니 내 요리가 어떤 변천을 거쳤는지 객관적으로 살펴볼 수 없지만, 이제 와서 후회해도 소용이 없다.

다른 소소한 반찬은 기억나지 않지만, 우리 집에 초대한 사람들에게 식사를 대접할 때 반드시 만드는 음식이 있다. 우선 스페인 요리 파에야. 그리고 또 하나가 지라시스시그릇에 잘게 썬 생선, 달걀부침, 오이, 양념한 채소를 스시용 밥과 섞고 위에 달걀지단, 초생강 등을 고명으로 얹은 것. 한국식으로 생각하면 회덮밥에 가깝다. 둘 다 밥이 들어가는 요리라서 반드시 메인 요리와 함께 낸다. 스페인 사람들에게 파에야는 전채지만, 한국이나 일본에서는 훌륭한 메인 요리여서 요리 교실 신입들에게 가르치기 편한 메뉴다. 게다가 당시 한국에서는 흔치 않은 요리이기도 해서 우리 집에 오는 손님들은 파에야나 지라시스시가 큰 접시로 나오면 처음에는 젓가락을 조심스레 움직였다. 대부분 남편과 일로 관계된 사람들이어서, 이문화 체험이나 새로운 맛에 약한 남자들이었다.

약간 난감한 표정을 지으면서 "우와, 많이도 차리셨네요" 하며 한 입 먹어본다.

"맛있는데요? 이 요리는 뭐예요? 어디 요리예요?"

젓가락이 점점 빨라진다. 많은 시간을 들여 요리한 보람이 있다. 우리 집에 온 손님들이 내 요리를 남기지 않고 다 먹어주면 요리하는 즐거움이 배가 된다.

일본에서는 많은 사람들이 모이면 지라시스시나 좀 더 간단한 마제스시_{잘게 썬 생선과 채소를 밥에 섞어서 달걀지단을 얹은 것}를 만들어 대접한다. 이 관습은 지금이나 예전이나 똑같은데, 대접하는 입장에서 보면 한 번에 많은 양을 만들어둘 수 있고 무엇보다 보기에 좋아서 좋다. 바비큐 파티를 열어 손님을 자주 초대하는 여름이면 스시를 만들어둔다. 스시는 계절에 맞는 재료를 잘 섞으면 훌륭한 접대 음식이 되고, 여름철이나 장마철에도 식초 덕분에 상하지 않고 오래가며, 더위로 식욕이 없을 때에도 밥이 목구멍으로 술술 넘어가는 팔방미인 메뉴다.

한국인이 생각하는 '스시'는 한국 스타일로 변형된 일식당이나 회전초밥 집에서 나오는 '니기리즈시'지만, 실은 스시에도 여러 종류가

"맛있는데요?
이 요리는 뭐예요? 어디 요리예요?"
젓가락이 점점 빨라진다.
많은 시간을 들여 요리한 보람이 있다.

있고 지역에 따라 만드는 법이나 스시 위에 올리는 재료도 다르다.

스시의 기본은 스시용 밥이고 레시피에 따라 스시용 밥에 넣는 쌀
식초, 설탕, 소금의 분량이 조금씩 다르다. 반들반들 윤이 나고 오돌
오돌한 스시용 밥을 잘 지을 수 있으면 어떤 종류의 스시라도 맛있게
만들 수 있다. 스시용 밥에 관한 나의 레시피는 그야말로 '엄마의 맛'
이다. 스시용 밥만은 레시피 파일을 책장에서 꺼내어 반드시 레시피
를 확인하며 만든다. 쌀 식초, 설탕, 소금을 계량스푼으로 정확하게
재어 유리 볼에 넣고 잘 섞어 스시용 배합초를 만든다. 어머니의 레시
피는 밥을 스시 밥통 혹은 스시 통이라고 하는 편백나무로 만든 통
에 옮겨 담고, 배합초를 섞은 후 마지막에 윤을 내기 위해 미림 1큰술
을 섞는 것이다. 어릴 때 스시 통에서 배합초와 밥이 섞일 때 나던 시

큼한 냄새와, 미림을 넣어 반들반들 윤이 나는 밥을 보는 게 정말 좋았다.

맛있는 니기리즈시는 스시집에서 만들도록 맡겨둔다고 치고, 기본이 되는 스시용 밥을 만들 수 있으면 가정에서 니기리즈시 말고도 여러 가지 스시를 만들 수 있다. 각종 재료를 삶거나 구워서, 혹은 날것 그대로 해서 섞어 먹는 지라시스시, 한국의 김밥처럼 돌돌 말아 먹는 마키즈시, 한국의 쌈처럼 김으로 싸서 먹는 데마키나 유부초밥, 공처럼 둥글려 만드는 데마리스시, 대나무 잎으로 싸서 만드는 사사노하스시, 틀에 밥과 장어, 도미를 넣고 눌러 만든 오시스시, 밥과 고등어로 만든, 오시스시의 일종인 '밧테라', 쿠키 틀을 이용해 만드는, 전채에 안성맞춤인 카나페 스시 등 만드는 사람의 아이디어로 얼마든지 다양하게 만들 수 있다.

그중에서도 지라시스시는 재료를 얹는 '노세스시'와 재료를 섞는 '마제스시'의 두 종류로 크게 나뉜다. 지라시스시는 옛 일본의 수도인 에도(현재의 도쿄)에서 처음 먹기 시작했으며, 최근 도쿄나 일본 동쪽 지방에서는 서울의 세련된 일본식 술집이나 덮밥을 주로 파는 일식집과는 다른 '스시집'에서 지라시스시의 일종인 노세스시를 맛볼 수 있다. 노세스시는 문어, 오징어, 참치, 성게, 장어, 연어, 가리비, 연어 알 등 니기리즈시 재료에 계란말이와 감초 간장을 넣고 오이를 썰어 위에 뿌린 호화로운 해산물 덮밥인데, 재료를 회처럼 간장에 찍어 먹는다.

간사이 지방의 지라시스시는 스시용 밥에 어패류와 채소를 섞어 먹는 마제스시로, 우리 어머니가 가장 잘 만드시는 스시다. 한국에서도 장어, 새우, 연어알 같은 해산물과 우엉, 연근, 유부를 손쉽게 구할 수 있어서 나도 자주 만드는데, 채소를 싫어하는 큰아들도 달착지근하고 새콤한 초밥 덕분인지 우엉도 당근도 전부 먹어치운다.

14년 전 아침식사 뒷정리를 하지 않고 외출한 나를 혼내셨던 시어머니는, 그 후로 한 번도 그런 일로 나를 야단치지 않으셨다. 그리고 며느리가 만든, 아마도 시어머니 입맛에는 간이 덜 된 것처럼 느껴질 지라시스시를 언제나 깨끗이 잡수신다.

황혜성 선생님께서 건강하셨을 무렵, 비원 옆에 있는 궁중음식연구원에 다녔다. 거의 2년간 장마철의 거센 비에도, 한겨울 영하 10도의 추위에도, 한여름 30도를 넘는 무더위에도 굴하지 않고 일주일에 한 번 있는 수업에 반드시 나갔다. 궁중 요리의 기초부터 한국 전통 과자 코스까지 배웠고, 나는 궁중음식연구원 최초의 일본인 수강생이었다. 그 전에 주변의 일본인 지인이나 친구들에게 물어봤는데 그렇게까지 본격적으로 한국 요리를 배우고 싶어하는 사람은 없었다. 어느 요리 교실이 잘 가르쳐준다, 어느 요리 학원 커리큘럼이 잘 짜여 있다, 하는 정보가 하나도 없었다. 할 수 없이 직접 여기저기 알아보다가 결국 '어차피 배우는 거라면 한국 요리의 최고봉에게 배우자'라는 생각이 들었다. 삼청동과 가회동 일대가 아직 번화하지 않았던 그때, 근처의 아주머니와 구멍가게 아저씨에게 물어물어 원서동의 궁중음식연구원을 겨우 찾아갔다.

나는 아버지가 입는 하얀 요리사복과 모자가 요리사의 모습이라고 생각했다. 그런데 원서동 궁중음식연구원에서 만난 황혜성 선생님과 딸 한복려 선생님은 한복 차림이었다. 연구원이니 당연한 것일지도 모르겠지만 바쁘게 움직이는 조수 선생님들은 앞치마 대신 흰 연구복 차림이었다.

'아, 엄청난 곳에 와버린 것 같다. 어떡하지……'

갑자기 불안해졌다. 교실 겸 실습실에 들어가자 학생들도 모두 대단해 보였다. 이삼십 대 수강생은 거의 없고, 모두들 굉장한 실력을 가진 요리사나 요리 연구가 같은 기운을 풍겼다. 이미 인천에서 한정식집을 운영 중인, 오로지 '궁중 요리'라는 타이틀을 간판에 넣기 위해 서울까지 온 오십 대, 대학의 가정학과에서 영양사 공부를 했다며 요리의 길에 의욕을 불태우던 이십 대, 모 재벌의 딸 등. 한 테이블에 서너 명씩 앉는데, 첫날 수업에서 심하게 긴장했던 기억이 난다. 연세대학교 대학원의 훈민정음 연구회 때와 비슷한 긴장감이었다.

'이렇게 긴장해서야 맛있는 요리를 만들 수 있을까……'

한국어는 물론이고 궁중의 전문 용어가 차례로 등장하는 수업은 결혼, 임신, 육아로 굳은 내 머리를 자극했다. 실습 시간이 되면 전문가 느낌의 수강생들은 서둘러 일어나 테이블별로 준비되어 있는 재료를 다듬기 시작했다. 나도 요리를 좀 한다는 말은 입 밖에 꺼내지도 못한 채, 지시받은 대로 콩나물을 다듬고 무를 되도록 가늘게 썰느라 긴장했다. 모두들 잡담도 하지 않고 묵묵히 실습에 열중한다. 시식도 같은 테이블에서 했는데, 그날 만든 요리를 되돌아보는 이야기만 오갔다. 나는 단지 시어머니의 요리가 입에 맞지 않아 한국 요리를 배우려 했던 거였는데, 대단한 곳에 온 것이었다.

아무리 시어머니의 요리가 내 입맛에는 안 맞는다 해도, 아들인 남편에게는 '엄마의 맛'이다.

"어머니는 음식을 잘 못하서. 예전부터 그랬어. 특히 김치. 옛날에 급식이 없어서 도시락 들고 다녔을 때 내가 김치는 절대 넣지 말라고 해서 도시락 쌀 때 고생하셨대. 동그란 소시지랑 달걀이랑 김이랑 멸치볶음을 싸주셨지."

"매일 그런 반찬만 먹으면 영양소가 부족하잖아. 그 동그란 소시지는 일본의 문어 다리 모양 소시지 같은 거야?"

"아니. 마트에 가면 지금도 파는데, 지름 5센티, 길이 50센티 정도 되는 가늘고 긴 소시지야. 잘라서 달걀에 묻혀 굽는 거. 한국 애들은 모두 좋아하는 반찬이야."

나는 곧바로 마트에서 그 소시지를 사 와 남편에게 들은 대로 구워 먹어봤다. 문어 다리 소시지 쪽이 더 맛있었다. 아이들에게 물어보니 지금도 학교 급식에 곧잘 나온다고 한다. 맛있으니까 집에서도 만들어달라고 한다.

"그럼 요리를 잘 못하시는 어머님이 만든 음식 중에 '엄마의 맛'은 뭐야?"

"음, 찰밥인가. 아, 송편도. 그리고 무나물이랑 콩나물 무침"

나도 동감이었다. 시어머니가 만든 음식 가운데 외국인인 내가 배우고 싶은 한국 요리, 예를 들어 불고기, 갈비찜, 잡채, 각종 김치 같은 요리에서는 '그래, 이 맛이야!'라고 할 만한 미묘한 한국의 맛을 찾아볼 수 없었다. 나도 어릴 때부터 시어머니의 요리를 먹으며 자랐다면 좀 더 긍정적인 시선으로 바라볼 수 있었을지 모른다. 하지만 슬프게도 시어머니 요리의 맛은 나의 '엄마의 맛'이 아니었기에 어쩔 수 없었다. 사실은 시어머니께 불고기, 잡채, LA갈비 양념장, 곰탕에 이르기까지 온갖 종류의 한국 요리를 배우긴 했지만, 어쨌든 한국 요리의 기본을 확실하게 배우고 싶었다.

"간장, 설탕, 참기름, 깨소금, 다진 마늘이랑 대파를 '조금' 넣고 소금 간하는 거야. 찌개는 된장을 '조금'만 넣어야 해. 안 그러면 너무 짜. 낙지볶음에는 고추장을 '조금 많이' 넣어야지."

요리 설명 대부분이 '조금'으로 마무리되는 시어머니. 몇 번 여쭤어 보아도, 만드는 모습을 옆에서 지켜보아도 잘 이해되지 않았다. 게다가 만들 때마다 맛이 달라졌다. 갈비 양념에 콜라까지 등장했을 때는 놀라 자빠질 뻔했다.

매주 수요일에 있었던 궁중음식연구원 수업에서 배운 레시피를 복습하기 위해, 주말이면 시누이 가족들에 시동생까지 불러서 궁중음식 시식회를 거창하게 열었다. 재료비가 많이 드는 도미면, 개조개와 소고기를 섞어 조개껍질에 담는 유곽, 소고기와 고추장, 벌꿀을 조리는 장똑똑이 등 한국인들도 처음 들어보는 요리가 식탁에 등장했다. 시어머니의 표정은 어딘지 모르게 복잡해 보였지만, 시아버지는 누구보다 좋아하셨다. 정월대보름에는 궁중식으로 아홉 종류의 묵은 나물과 오곡밥을 완성하는 데 하루가 꼬박 걸려서 그 다음 날은 종일 누워 있었다. 설에는 조선 시대의 왕이 즐겨 먹었다는 내장전을 부쳤다. 처음으로 고기 도매 가게가 늘어서 있는 마장동 시장에 가서 가족들끼리 먹기에는 많은 양의 소 간, 천엽, 부아^{허파나 목줄띠에 붙은 고기}를 사 왔다. 그러고는 궁중음식연구원에서 배운 대로 간의 피를 빼고 움푹움푹 구멍이 뚫린 허파를 손질했다. 사실 그렇게 많은 양의 내장전을 부친 이후로는, 10년이 지난 지금까지 또 먹고 싶다는 생각은 안 든다.

궁중음식연구원에서는 요즘은 마트에서 곧잘 사곤 하는 육포도 배웠다. 집에서도 만들어보았지만 배운 대로 백과사전 사이에 끼워두고는 까맣게 잊어버렸다. 몇 개월 만에 발견한 육포에는 푸른곰팡이가 피어 있었다. 또 두부도 만들고 김치도 담갔다.

"선생님, 김장은 왜 어렵게 느껴질까요?"

김치 수업 때 보조 선생님께 여쭤보았다.

"그건 그 집에 내려오는 김치 맛을 레시피로 만들지 않기 때문이죠. 저울이나 계량스푼으로 계량한 재료를 노트에 적을 필요가 있는데, 왠지 모르겠지만 옛날부터 한국 가정에서는 그 작업을 안 했어요. 사실 '손맛'이란 존재하지 않아요."

듣고 보니 일본에도 '엄마의 맛'은 있어도 '손맛'이란 개념은 없을지도 모르겠다. '손맛'도 노트에 정확히 기록해두면, '엄마의 맛'으로 후세에 전해지니까. 맛있는 김치를 먹으면 담그는 법을 알려달라고 부탁해서 수많은 김치를 배웠지만, 레시피를 적어준 사람은 아무도 없었다. 가끔 김치를 담그고 싶어지면 궁중 요리의 김치 레시피 파일을 꺼내어 보면서 담근다.

일본이나 미국에서는 비빔밥이 인기 한국 요리지만, 나는 정이 많은 한국인에게서 연상되는 한국 요리는 갈비찜이라고 생각한다. 일본의 돼지고기 조림이나 비프스튜, 프랑스 요리인 뵈프 부르기뇽, 헝가리 요리인 굴라시 등 세계의 그 어떤 요리보다도 먹으면 행복한 기분이 드는 갈비찜. 궁중 갈비찜을 배웠어도 몇 년 전까지는 설이나 추석이 되면 시어머니의 갈비찜이 상에 올랐다. 하지만 3년 정도 되었을까. 최근에는 나의 갈비찜이 위풍당당하게 명절 요리에 들어가 있다. 궁중 요리 레시피에 부르고뉴 와인 한 컵을 더하면 한국 요리의 세계화가 구현된 것 같은 맛이 난다. 황혜성 선생님께서 아시면 조금 야단치실지도 모르지만.

"오늘 어떡할까?"

"글쎄, 오늘은 무슨 고기로 할까? 돈 좀 써서 한우? 아, 오전 중에 '사러가'에 가면 어제 남은 고기 반값인데. 얼른 가자."

맑게 갠 일요일 아침, 남편과 나의 대화다. 왜 '맑게 갠 일요일'이냐 하면, 매년 4월부터 10월 말 가을까지 계속되는 우리 집 행사, 옥상 바비큐에 대한 이야기이기 때문이다. 바비큐 파티라고는 하지만 언제나 손님을 많이 불러 성대하게 벌이지는 않는다. 보통 때는 일요일 이른 저녁에 고기, 채소, 생선 등 냉장고에 있는 재료를 바비큐 그릴에서 굽고 밥과 된장찌개와 샐러드, 채소를 쌈장에 찍어 우리 가족 넷이서 먹는다.

남편과 나는 언제부터인가 집에서 바비큐를 하는 꿈을 꿨다. 남편과 알게 되고는 '먹는 것'이 두 사람의 공통 화제였는데 "옛날에 달라스에서 먹은, 피가 뚝뚝 떨어질 것 같던 티본스테이크, 진짜 맛있었는데" 하고 스테이크를 볼 때마다 중얼거리는 남편과, 어릴 적부터 셰프인 아버지가 구운 미디엄 레어의 설로인 스테이크가 좋았던 내가, 집에서 바비큐를 하고 싶다는 생각을 한 건 당연한 일일지도 모른다.

시부모님을 모시고 살 때에는 마침 그 무렵 한국에서도 유행할 조짐이 보였던 와인을 사 와서 매주 시어머니, 남편과 함께 마셨다.

"이런 비싼 술은 이제 그만 사라. 너희 아파트도 사야 되고 저축도 해야 하잖니."

시어머니는 우리와 함께 맛있게 와인을 드시고도 주말의 즐거움을 망치는 말씀을 잊지 않으셨다. 그래서 몇십만 원이나 하는 와인은 사지 않았고, 주말에도 시부모님과 함께 지내기는 좀 답답해서 남편과 둘이서 스테이크나 파스타를 먹으러 자주 외출했다. 시어머니는 이때도 역시 같은 말씀을 반복하셨다. 아마도 그 무렵부터 남편과 나는 '누구 눈치 볼 것 없이 좋아하는 고기와 와인을 마음껏 먹고 싶다' 하고 생각한 것 같다. 분가한 후 내가 부엌 용품을 양껏 사들였듯 남편도 남대문시장의 등산 용품 가게에서 'Made in China'가 아닌, 'Made in USA'의 웨버Weber 사에서 나온 뚜껑이 달린 둥근 바비큐 그릴을 사 왔다.

번쩍번쩍 윤이 나는 뚜껑에 손잡이가 달린 그릴은 '저를 대체 어떻게 하실 작정인가요?' 불안에 떠는 듯한 모습으로 24평 아파트의 좁은 베란다에 놓여 있었다. 남편은 주말의 야외 활동을 즐기기 위해 그릴을 사 온 것이 아니다. 우리 집 베란다에서 바비큐를 할 작정이었다.

지금 바비큐 파티를 열 때 애용하는 C마트의 미국제 숯이었는지 어디 거였는지 기억나지 않지만 남편은 처음에 20킬로짜리 숯 봉투를 짊어지고 왔다. 게다가 어느 틈에 준비했는지 숯에 불을 붙일 때 쓰는 착화제와 가스토치도 구비했다. 이제 맛있는 고기와 채소만 있으면 금방이라도 바비큐를 시작할 수 있었다. 집에서 바비큐를 하는 꿈이 실현되려는 순간이었다. 그때의 식재료는 아마도 경험이 부족한 바비큐 입문자답게 한국식으로 두껍게 썬 삼겹살 정도였을 것이다.

드디어 웨버 사의 그릴에 숯을 넣고 어찌어찌 숯을 빨갛게 달군 다음 일어난 일은…… 상상하시는 그대로다. 숯을 태운 장소는 아파트 베란다였다. 우리 가족의 첫 '가내 바비큐'로 돼지고기 몇 조각을 굽자마자 연기가 무럭무럭 났다. 원칙적으로는 아파트 베란다에서 바비큐는 고사하고 휴대용 가스버너로도 고기를 구워서는 안 된다. 숯을 태우는 것은 아파트 규칙 위반이었다. 하지만 우리의 바비큐를 향한 꿈이랄지 욕구 때문에 '규칙 따위, 어떻게 되겠지' 하고 생각했다.

곧바로 아파트 경비실에서 인터폰이 왔다. 남편은 "생선을 구웠는데 연기가 나서요. 죄송합니다. 주의하겠습니다"라고 거짓말을 했다. 정신을 가다듬고 다시 굽기 시작했다. 그러나 연기는 더더욱 거세게 창밖으로 흘러나갔다. 그 이상 연기가 나면 경비원은 물론이고 위층 사람들, 이웃 주민들까지 몰려올 기세였다. 할 수 없이 첫 번째 바비큐 파티는 돼지고기도 다 굽지 못한 채 끝났다. 바비큐 그릴은 또다시 베란다 인테리어 용품 신세가 되고 말았다.

그로부터 3년 뒤. 아이들도 무럭무럭 자라서 조금 큰 아파트로 이사를 가기로 했다. 집에서 바비큐를 하는 꿈에는 변함이 없었지만, 서로의 직업상 서울을 떠날 수는 없는 노릇이었다. 게다가 나는 운전을 싫어하는 주부이고, 운전면허도 없어서 서울 근교의 단독주택에서 사는 꿈도 시들해졌다. 32평 아파트에 우리도 예외 없이 거실 확장공사를 강행하는 통에 베란다에서 바비큐를 할 수도 없었다. 그래도 바비큐에 대한 꿈을 포기할 수 없었던 우리는 다른 방법을 모색했다. 얼마 후 남편이 2002년 한일 월드컵 때 개발된 상암동에, 바비큐도 할 수 있는 캠핑장이 한강변을 따라 오픈했다는 정보를 얻었다.

'우와, 이제 바비큐를 하고 싶을 때 할 수 있겠다.'

남편도 같은 기분이었을 것이다. 여차여차하여 서울 시청 사이트에서 예약을 했다.

드디어 바비큐 파티 날. 이날에 맞추어 아웃도어용 도구와 식재료를 준비했다. 캠핑장에서 요긴하게 쓰일 휴대용 접이식 의자 두 개, 커다란 아이스박스, 교환용 석쇠, 집게, 일회용 접시와 젓가락, 플라스틱 와인 잔 등 도구가 점점 늘어났다. 이사한 집에서 차로 20분 거리의 캠핑장에는 이른 아침부터 신청 확인과 텐트 등 비품을 받기 위한 줄이 구불구불 길게 늘어서 있었다.

유치원생인 아들들을 데리고 장소를 확보하고, 주차장에서부터 몇 번이나 왕복하며 짐을 옮기고, 텐트를 펴고, 검게 윤이 나는 웨버 사그릴에 숯을 달구고, 아이스박스에 넣어둔 고기와 채소를 테이블 위에 세팅하고 "자, 이제 고기 굽자" 할 땐 이미 기진맥진이었다.

어쨌든 바비큐를 양껏 먹고 접이식 의자에 앉아 레드와인을 마셨다. 염원하던 '야외' 바비큐가 실현되어 행복했다. 하지만 눈 깜짝할 사이에 지나간 행복이었다. 그 뒤에도 캠핑장이 오픈한 시기면 1년에 몇 번 예약을 하고 친구 가족들이나 시부모님과 갔다. 하지만 바비큐를 즐겼다기보다 캠핑장에서 돌아오면 언제나 피로가 쌓였다. 점점 발길을 끊게 되었다.

윤이 나던 웨버 사 그릴도 숯 그을음으로 거무튀튀해진 무렵, 상암동에서의 바비큐에 싫증이 났다. 그런데 때마침 남편의 친구가 파주의 단독주택으로 이사를 간다는 것이 아닌가. 그렇게도 꿈꾸어왔던 '야외 바비큐'를 실현하기 어려운 현실에 직면한 우리는, 아쉬운 마음도 없이 웨버 사의 그릴을 친구 부부에게 빌려주었다. 우리가 파주에 가서 언제든지 바비큐 파티를 열 수 있는 조건으로. 하지만 아무리 죽마고우라 하더라도 나중에는 서로 귀찮아져서, 그 후로 딱 두 번 웨버 그릴을 만나러 가는 데 그쳤다.

얼마 동안 우리 부부의 야외 바비큐를 향한 꿈은 사그라졌다. 그러나 잠시 시들해진 것뿐, 얼마 후 다시 살아나기 시작했다. 마침 그 무렵 결혼하고 10년간 살았던 한국 스타일의 아파트 생활에 돌연 싫증이랄까 공포를 느껴 빌라라도 좋으니 좀 작은 단체 속에서 생활하고 싶어졌다. 그리하여 우리의 집 찾기는 아파트가 아닐 것, 집에서 바비큐를 할 수 있을 것이라는 조건 하에 시작되었다. 1년 가까이 찾아다 닌 끝에 발견한 집은 지금도 살고 있는 연희동 집이다.

하늘이 내려준 선물 같았다. '집에서 바비큐를 하는 꿈'을 이뤄주려 고 신이 하사한 것 같은 단독주택이었다. 계약하고 이사하는 날까지 나는 '이런 짓도 했고 저런 짓도 했는데⋯⋯' 하고 지난날의 '나쁜 짓' 을 반성하면서 운이 너무 좋은 건 아닐까 하는 불안에 떨기도 했다.

결국 파주에 맡겨둔 웨버 사 그릴은 친구 부부가 이사 축하를 겸해 서 우리 집에 되돌려주었다. 다시 돌아온 그릴은 정말 사랑스러워 보 였다. 연희동 집 옥상에서 벌어진 바비큐 파티에는 수많은 사람들이 왔고, 생각나지 않을 정도로 많은 요리가 등장했다. 기록을 귀찮아하 는 나는 역시 아무것도 써두지 않아서, 이 집에서 바비큐를 시작한 날부터 누가 와서 어떤 요리를 먹었는지 기록해두었으면 좋았을걸 하 고 이제 와서 후회하고 있다.

매년 4월에서 10월까지 옥상에 올라가 바비큐를 한다. 비를 피하 기 위해 커다란 빨간 텐트를 마련해 비 오는 날에도 바비큐를 강행했 다. 일본에서 오랜만에 손님이 왔을 때에도, 영하 10도의 12월이었지 만 모두들 담요와 다운점퍼로 몸을 감싼 가운데 한우와 제철 도루묵 소금구이를 대접했다.

"3년 동안 꼬박 바비큐를 했으면 보통은 귀찮아져서 안 할 텐데."

이웃들은 이렇게 말한다. 하지만 우리 집은 예외다. 분명 이상한 집

→ 경험이 쌓인 남편
의 바비큐 솜씨.

↘ 꽃샘바람이 부는
4월 초, 우리 집 옥상
에서 벌인 즐거운 바
비큐 파티.

이라고 생각할 것이다.

처음 웨버 그릴에 숯을 넣은 지도 어언 12년. 바비큐 경력 10년이 넘은 남편은, 연기가 그릴에서 뭉게뭉게 나오지 않게 하는 방법을 터득했다. 나로 말할 것 같으면 역시 바비큐 요리 경력 10년이 넘은지라, 많은 사람들이 모일 때 싼 소고기를 맛있게 대접하는 기술을 터득했다. 바비큐용 매리네이드육류나 생선을 담그는 액체 양념나 샐러드는 남들에게 자랑해도 좋을 정도다.

웨버 그릴은 결국 수명을 다해서 옥상 한구석에 소중하게 보관해 두었다. 남편은 올해 봄 원래 그릴보다 훨씬 큰 그릴을 구입했다.

"바비큐의 매력은 대체 뭘까?"

남편에게 물어보았다.

"내 마음대로 고기를 구울 수 있는 거지. 준비부터 시작해서 모든 과정을 다. 그러니까 바비큐는 그 자체로 남자의 로망이야."

그런 것이 왜 남자의 로망인지 잘 모르겠지만, 어쨌든 우리의 꿈은 앞으로도 계속 이어진다.

남산 그랜드하얏트 호텔을 등지고 이태원의 경리단길 언덕을 내려
가면, 오른 편에 'The Jell'이라는, 겉보기에는 화랑처럼 보이는 건물
이 있다. 이곳은 서울에서도 손꼽히는 와인숍이자 회원제 와인바다.
내가 서울에 온 1994년에도 있었다. 사장님은 독일에서 오래 살다가
귀국한 분이었다. 지금처럼 훌륭한 건물은 아니었지만, 같은 언덕길의
대각선 맞은편에 자리한 10평 정도의 작은 가게에서 와인과 치즈, 독
일 잼 등 구미 식재료를 팔았다. 당시 연세대 대학원에 다니며 한국
외국어대 연수원에서 일본어 강사를 하고 있던 내 월급으로도 그 가
게에 가면 유럽에서 마셨던 것 같은 직수입의 맛있는 와인을 한두 병
살 수 있었다.

기말고사가 끝난 뒤처럼 공부나 일이 일단락된 때면 교통이 불편
한 남산까지 버스와 택시를 번갈아 타며 서둘러 갔다. 연희동의 '사러
가'에서 구할 수 없는 외국 식재료도 The Jell에 가면 대부분 있어서,
급하게 필요한 일이 생기면 혼자서도 갔다. 하지만 대개 친구들 사이
에서 누가 먼저랄 것 없이 "내일 Jell에서 맛있는 와인이랑 치즈 사
와서 한잔할까?" 하면, 함께 비용을 분담하여 택시를 타고 남산까지
갔다. '사러가'가 안도감을 주는 장소였다면, Jell은 1990년대 서울에

서 살았던 외국인에게는 은신처 같은 두근거림을 주는 장소였다.

나의 요리 교실 'Gourmet Lebkuchen'의 Lebkuchen(레브쿠헨)은 독일 과자인데, 1990년대의 Jell에는 레브쿠헨이 있었다. 그곳에는 독일 수입품도 많아서, 적은 월급을 쪼개어 레브쿠헨이나 달콤한 와인, 초콜릿, 독일어로 표기된 식재료 등을 한두 개는 꼭 사 왔다. 그 무렵은 내가 선택한 길이긴 했어도 인생을 살면서 이전에 없던 스트레스를 받던 시기였다. 일본어 강사 일의 잡무, 대학원 리포트, 소그룹 수업에서 한국인 학생들에게 민폐를 끼치지 않으려면 해야 했던 예습 등……. 그래서 연희동 원룸에서 Jell에서 사 온 식재료를 바라보거나, 마음이 잘 맞는 친구들과 함께 나눠 먹는 일이 내게는 일종의 기분전환이었다.

내가 결혼했을 때쯤 Jell은 점포를 확장해서 지금의 위치로 이사했다. 가게에 들어서면 1층은 와인숍, 계단을 올라가면 수입 식료품 코너가 펼쳐져 있다. "우와, 잘라 파는 치즈다. 독일 햄도 있네! 이야, 초리조 소시지까지. 여기 좀 봐. 스페인 올리브도 있고 안초비도 있어" 하고 갈 때마다 눈을 반짝이곤 했다. 주말이면 남편과 둘이서, 아이들이 태어나고부터는 유모차를 끌고 Jell을 왕래하며 여러 가지 식재료를 사 와 집에서 요리했다. 함께 사 온 와인도 마시며 일주일간 있었던 일이나 음식에 대한 이야기꽃을 피웠다.

음식 관련 이야기에 자극을 받은 남편은 해외 출장으로 미국이나 싱가포르에 갈 때마다 색다른 조리 기구를 선물로 사 왔다. 아주 자그마한 파에야 냄비, 바질이나 허브 잎을 다지는 부엌칼, 유명 브랜드의 귀여운 디너 접시 두 장, 산뜻한 하늘색의 런천 매트와 나이프 세트, 세계 각국의 찻주전자, 희귀한 요리책.

모처럼 조리 도구를 선물받은 나는 흥분했다. 두 개의 작은 파에야 냄비에 스페인의 타파스 요리 두 개를 만들어서 1990년대 후반 Jell에 있었던 스페인 템프라니요 레드와인으로 건배. 봄과 겨울 그림이 그려진 디너 접시에 카르보나라를 담아 먹었다. 하늘색 런천 매트를 깔고 궁중요리연구원에서 배운 병어찜, 갈비찜, 콩나물국, 각종 전 등 한국 요리 풀코스를 시아버지 생신 때 차려드렸다.

하지만 미국의 '윌리엄스-소노마Williams-Sonoma'라는 식기 및 조리 도구 체인점에서 사다 준 허브용 부엌칼만은 부엌 서랍 안에 오래도록 넣어두었다. 그 칼로 자를 신선한 허브를 서울에서 쉽게 구할 수 없었기 때문이다. 새 조리 기구가 생기니 식재료에 대한 욕구가 점점 커졌다. 서랍 안에서 순서를 기다리는 허브용 부엌칼을 써보고 싶어서 부엌 서랍을 열 때마다 꺼내 들었다. 해외 요리방송의 유명한 요리사가 똑같은 칼로 로즈마리나 코리앤더, 타임 등 갓 따서 신선한 허브를 솜씨 좋게 다지는 장면을 떠올리며 나를 그 요리사와 비교해보곤 했다. 그러고는 한숨 한 번. 유럽 요리, 특히 지중해 요리는 신선한 허브가 맛의 비밀을 완성하는 마지막 역할을 한다. 병에 든 드라이 허브를 사용해보았지만 역시 숨 막힐 듯 신선한 허브 향과는 달랐다.

외국에서 사 온 허브 도감을 보며 한숨짓던 무렵, 서울에도 민트나 로즈마리 화분이 나오기 시작했다. 아파트에 살던 때는 허브 화분을 두세 개 사서 베란다에 두고 키워보려 했으나, 비실비실 키만 커졌다. 햇빛을 받긴 했어도 베란다로 들어오는 외풍만으로는 부족했는지 끝내 겁게 시들어버렸다.

마침 그맘때 육아에도 익숙해져 정신적 여유가 생긴 나는, 아버지가 가끔 구워주셨던 진한 토마토소스의 두꺼운 피자가 먹고 싶어서 수제 피자에 열을 올리고 있었다. 그래서 캔으로 파는 삶은 토마토를 조려 토마토소스도 만들어두었다. Jell이나 백화점 지하에서 깜짝 놀랄 정도로 비싸게 파는 생 모차렐라 치즈는 한 장만으로는 부족해서 우유회사에서 나오는 믹스 치즈를 사용했다. 그 다음 필요한 재료는 이탈리아식 소시지의 일종인 살라미다. 이태원의 '셰프 마일리'가 없던 때라 결국 살라미도 Jell에서 샀다. 재료비를 계산하니 오토바이로 30분 이내에 배달해주는 대형 피자 체인점의 피자를 사 먹는 편이 더 쌌다.

인간의 욕심은 끝이 없다. 얇게 구운 나폴리 스타일의 피자도 집에서 먹을 수 있겠다고 생각하니, 치즈를 가득 뿌린 피자 위에 루콜라를 산처럼 올려서 먹고 싶었다. 하지만 이탈리아 요리 붐으로 누구나 파스타를 먹으러 가던 시기였는데도 루콜라까지 아는 사람은 흔치 않았다.

한번은 미국에서 살았던 한국 친구에게 물었다.

"루콜라 말이야, 한국에서는 어디서 살 수 있을까?"

"호텔 이탈리안 레스토랑이나 청담동의 유명 이탈리안 레스토랑에 가면 루콜라 페이스트로 만든 파스타도 있고, 또 피자 위에 조금씩 올리기도 하는데. 그런 가게에 물어보면 어때? 어디서 살 수 있는지."

친구의 조언은 그다지 도움이 되지 않았다. 레스토랑에서는 루콜라를 공급하는 곳이 어딘지 가르쳐주지 않았다. 루콜라와 비슷하게 생긴 열무나 샐러드용 시금치를 피자 위에 올려서 먹어보았지만, 루콜라를 씹을 때 희미하게 느껴지는 참깨 같은 풍미가 나오지 않았다.

루콜라에는 비타민C가 시금치의 네 배, 칼슘은 피망의 삼십 배, 거기에 다량의 철분도 함유되어 있다. 허브 도감을 보자 루콜라에는 매운맛 성분이자 혈전 예방 효과가 있는 이소티오시안산 알릴, 해독 효과가 있는 글루코시놀레이트가 들어 있고, 암 억제, 항균·살균 작용, 혈전 방지, 면역력 강화, 피로 회복, 빈혈 개선, 뼈 강화, 식욕 증진, 피부 미용 효과를 볼 수 있다고 되어 있었다. 우리가 평소에 신경 쓰는 건강 문제에 대한 해결책을 총망라한, 그야말로 훌륭한 채소다. 사실인지 아닌지는 잘 모르겠지만 세계 3대 미녀 중 한 사람인 클레오파트라가 아름다움을 유지하기 위해 루콜라를 즐겨 먹었다고 하니 미용 효과만큼은 기대해볼 수도 있겠다.

그러던 중 연희동으로 이사해서 요리 교실을 시작한 무렵, 갑자기 서울의 많은 이탈리안 레스토랑들에 '루콜라 피자'라는 메뉴가 등장했다. 그전까지는 미처 생각지도 못하다가 곧바로 인터넷으로 검색해보았다. 루콜라를 한국어로 입력해야 해서 먼저 루콜라의 올바른 한국어 표기를 찾느라 악전고투를 벌였다. 겨우 검색을 해보았지만, "베란다에서 키우고 있어요"라는 이야기뿐, 어디서 살 수 있는지에 대한 정보는 없어서 다시 의기소침해졌다.

"그렇지, '사러가'에 있는 채소 가게 아저씨에게 물어보자!"

메모지에 정확하고 큰 글씨로 '루콜라'라고 써서, 다음 날 채소 가게 아저씨에게, 도매상에 루콜라를 구할 수 있는지 물어봐달라고 부탁했다. 사실 '사러가'의 채소 가게에는 그다지 들른 적이 없던 나는 아저씨가 그런 부탁을 들어주리라고 생각하지 않았다. 하지만 아저씨는 연희동에 많이 사는 화교들에게 코리앤더를 납품하고 있었고, 바질이나 민트도 조금씩 갖다 두고 팔고 있어서 혹시나 하고 기대했다. 그리고 걸려온 아저씨의 전화.

"가격이 싸진 않지만 시금치 한 다발 분량 정도 가져왔어요."

나는 오랜만에 뛰었다. 집에서 '사러가'까지 뛰어갔다. '이런 사소한 일로 행복해하다니, 나도 참 바보 같군' 하고 생각하면서.

루콜라를 언제든지 대량으로 구입할 수 있다는 것을 알게 된 후, 요리 교실에서도 나폴리 스타일의 피자를 가르치기 시작했다. 예전에는 그냥 지나쳤던 채소 가게 아저씨와 갑자기 친해져서, 루콜라만 사는 것도 죄송하니 가능한 한 여러 채소를 사면서 루콜라도 주문할게요, 바질도 주문할게요, 하고 주문해두고 찾으러 가게 되었다.

하지만 가게 아저씨의 말대로 가격이 만만치가 않아, 일본 친정에 갔을 때, 원칙적으로는 안 되는 일이지만 루콜라 씨앗을 몰래 가져와서 우리 집 정원에 뿌렸다. 올해 봄에는 요리 교실 학생들에게 배워 인터넷으로 루콜라와 기타 허브 모종을 주문해 4월경 정원에 심었다. 언제나 시금치처럼 다발로 묶인 루콜라만 봐서 잘 몰랐는데, 루콜라는 코리앤더나 바질처럼 가위로 자주 싹둑싹둑 잘라주지 않으면 꽃이 피어 맛이 써진다. 가격이 비싸도 역시 채소 가게 아저씨에게 부탁하는 수밖에 없다. 요리 교실에서 루콜라 피자를 배운 학생들에게도 채소 가게 아저씨 얘기를 해주었다.

Jell에도 없었던 루콜라. 루콜라 덕분에 친절한 채소 가게 부부와도 알게 되어 나의 행복지수는 높아졌다. 서랍 안에서 자신의 순서를 기다리던 허브용 부엌칼은 채소 가게 아저씨와 친해진 이후 부엌의 잘 보이는 곳에 꺼내두었다. 언제라도 허브를 다질 수 있도록.

　요리 교실의 학생인 작가 분이 '행복'에 대한 책을 쓰기 위해 주위 사람들을 인터뷰했다. 나도 행복에 관한 다섯 가지 질문을 받았다. 그런데 막상 질문을 받으니 곧바로 대답할 수가 없었다. 어떤 질문에 망설였는가 하면, '언제 행복을 느끼는가?' 하는 그다지 어렵지 않은 질문이었다. 사람은 현재의 행복에 만족하면 자신의 행복을 객관적으로 볼 수 없는 것일까.

　'내가 행복을 느끼는 순간은 언제일까. 맛있는 음식을 먹을 때? 아들이 수학 시험에서 100점을 받았을 때? 남편이 평소에는 안 해주던 다정한 말을 해줬을 때? 아, 어떨 때 행복하다고 할 수 있을까……. 내가 만든 음식이 맛있다는 말을 들을 때?'

　문득 이런 생각을 했다. '다섯 시간을 들여 묵묵히 만든 요리가 5분 만에 없어질 때'. 이런 터무니없는 일이 나의 행복임을 깨달았다.

　연희동으로 이사 와서 얼마 후, 자연스레 우리 집 부엌에서 요리 교실을 시작하게 되었다. 부모님의 영향으로 어릴 때부터 맛있는 음식을 만들거나 먹는 일이 가장 큰 관심사였지만, 어머니가 권유하셔도 직업으로 삼으려고 하지는 않았다. 관련 학과로 진학한다거나, 고등학교 졸업 후 곧바로 요리 학교에 들어가 수업을 받는다거나 하는 요리사의 정도正道를 걷지 않았던 나는, 요리로 보수를 받는 일이 아버지에 대한 모독처럼 느껴졌다. 결혼 후에도 먹는 것을 좋아하는 가족들에게 둘러싸여, 요리의 즐거움과 누군가에게 요리를 만들어주는 행복을 다른 사람들에게 전달하고 싶다는 작은 바람이 마음속에서 피어나긴 했다. 하지만 그 바람을 어떻게든 실현하겠다고 생각하지는 않았다.

이사하기 전 연희동의 단독주택을 수리할 때 집이 어둡고 낡았던 탓에, 무조건 밝고 넓게 보이도록 하고 싶어서 바닥과 벽을 흰색으로 통일했다. 부엌과 거실 사이에 있었던 미닫이문도 없애 볕이 잘 드는 개방적인 집으로 만들었다. 집이 마치 스튜디오같이 변했지만, 요리 교실을 하려고 그렇게 만든 것은 아니었다.

"얼마 전에 먹은 파에야 말야, 나도 배워서 가족들에게 만들어주고 싶어! 맛있다는 소리를 들으면 정말 행복할 것 같고……. 요리 교실 같은 거 열어보지 않을래? 우리도 도와줄게."

가끔 내가 만든 요리를 먹었던 친구들의 권유에 힘입어 요리 교실을 시작했다. 마음속에서 키워온 나의 꿈은 이렇게 서울에서 소박하게 실현되었다.

요리 교실 '구르메 레브쿠헨'은 스페인 요리를 중심으로 한 지중해 요리가 메인 테마다. 요리 교실을 시작할 때, 그동안 노트나 메모지에 막연히 써두었던 레시피를 체계적으로 정리하는 작업부터 했다. 바르셀로나에서 먹은 맛을 되살리기 위해 당시의 기억을 더듬어가며 한국에서 구할 수 있는 식재료로 대체하여 레시피를 다시 만들었다. 스페인 요리 풀코스 강습에 큰 관심을 보인 사람들은 일본인들이었다. 입소문으로 요리 교실을 알게 된 한국인들은 스페인 요리보다 스페인 요리를 가르치는 사람이 '일본인'이라는 사실에 흥미를 느낀 것 같다. 일본 가정 요리를 가르쳐달라는 요청이 대부분이라 나는 얼마간 고민했다.

'일본 가정 요리라면 어머니가 평소에 집에서 만들어주시는 요리인데…… 왠지 마음이 무거운걸.'

일본 간장보다 버터나 올리브 오일을 잔뜩 뿌린 요리를 먹을 때 행복을 느끼는 내가 과연 '일본 가정 요리'를 가르칠 수 있을까……. 스페인 요리 때처럼 과거의 기억과 미각, 어머니의 '구전 레시피'를 생각해내려고 애썼다. 어머니가 만드는 일본 요리는 상냥한 맛이다. '일본인으로 태어나길 잘했다'라고 절실히 느끼게 하는 그런 맛. 스페인 요리 레시피를 만드는 것보다 어려웠다.

"그러니까 엄마가 말했잖니. 마음껏 세계를 돌아다니고 싶으면 미소시루 만드는 법 정도는 제대로 배워두라고. 밖에 나가서 누가 일본 요리를 물어보면 일본인으로서 제대로 대답할 수 있도록 해야지. 그러지 못하면 스스로 창피할 거야."

마음은 이미 유럽으로 기울어 있는 딸에게 잔소리를 계속 하시면서 어떻게든 일본의 맛을 전하려고 했던 어머니였다. 그때 어머니의 요리를 제대로 배워둘걸. 궁리 끝에, 요리 교실에서는 스페인 요리와 함께 내가 좋아하는, 내 나름의 일본 가정 요리를 소개하기로 했다.

예를 들어 돼지고기를 연실로 둘둘 감아 커다란 프라이팬에서 표면을 구운 뒤, 양념과 함께 큰 냄비에 넣고 한 시간 동안 끓이는 요리. 아버지께 전수받은 레시피 중 하나로 '차슈'라고 하는 돼지고기 요리다. 중국어로는 차사오叉燒라고 하며, 돼지고기 덩이에 양념을 해서 구운 중국 광둥요리가 원조다. 홍콩이나 광저우에서는 구운 차사오를 가게 앞에 매달아놓은 광경을 흔히 볼 수 있는데, 스페인의 하몬처럼 보존할 수 있는 식재료로 딤섬에도 쓰이는 재료다. 일본에서는 중국 차사오 스타일의 돼지고기 구이와 냄비 하나로 만들 수 있는 돼지고기 수육, 두 가지 방법으로 차슈를 만든다. 구이보다는 부드러운 수육이 일본인의 기호에 잘 맞아서 '차슈 라멘'처럼 라멘 위에 얹는 재료로도 쓰인다. 아버지가 가르쳐주신 레시피도 돼지고기를 삶아서 만드는 방법이었다.

아버지가 부엌에서 3킬로그램 이상 나가는 돼지고기 덩이에 연실을 둘둘 감는 모습을 종종 보았다. 나는 어린 마음에 '아, 오늘은 오르되브르서양 요리에서 식욕을 돋우기 위해 식사 전에 내는 간단한 요리 세트 주문이 들어온 모양이네' 하고 은색 쟁반에 2밀리 정도로 얇게 슬라이스된 차슈와 사프란라이스, 예쁘게 담긴 샐러드를 상상했다. 아버지의 레스토랑에는, 크리스마스나 섣달그믐 같은 날에는 차슈 오르되브르 세트 주문이 들어왔다. 가끔 로스트비프 주문도 있었지만, 돼지고기보다 소고기가 비싸서 아버지가 소고기 덩이에 연실을 둘둘 감는 모습은 아주 가끔씩만 볼 수 있었다. 나는 완성된 차슈나 로스트비프가 쟁반 위에 얇게 저며서 나오기를 기다리는 사이에 몰래 부엌에 숨어들어 고깃덩이의 끝 부분을 아주 조금 떼어 먹어보곤 했다. 그래서 지금도 차슈의 가장자리 자투리 부분이 가장 맛있다고 생각한다. 최근에는 나도 아버지처럼 차슈나 오르되브르 주문을 받는데, 가장자리 부분은 아무래도 아들이나 남편의 입으로 들어가게 된다.

차슈는 비계가 충분히 섞인 어깨 등심이나 삼겹살 덩어리로 삶으면 더욱 부드러워진다. 한국의 보쌈 수육과 비슷하다. 단, 돼지고기 덩이에 연실을 둘둘 감아 삶는 과정은 같지만, 차슈는 간장, 미림, 청주, 설탕 등 일본 요리에는 빼놓을 수 없는 조미료를 같은 분량으로 섞어 만든 양념에 대파의 푸른 부분, 생강, 마늘을 듬뿍 넣고 삶아 만든다. 한국의 보쌈 수육은 김치 겉절이나 새우젓을 함께 내지 않으면 모처럼 품질 좋은 돼지고기를 준비해도 불평을 듣기 십상이지만, 차슈는 삶으면서 간을 하기 때문에 햄처럼 얇게 저미고 약간의 샐러드만 준비하면 접대 음식으로 충분하다.

돼지고기 3킬로그램분의 결코 싸지 않은 재료비에, 무거운 고깃덩이에 연실을 감고 프라이팬에 구운 후 다시 냄비로 옮기는 번거로움.

냄비에서 육수가 끓어 넘치지 않도록 부엌을 왔다 갔다 하길 한 시간. 하지만 곧바로 먹을 수는 없다. 냄비에서 꺼낸 차슈는 쟁반 위에서 다시 한 시간 정도 숙성시킨다. 그러고는 실을 제거하고 모든 신경을 손끝에 집중하며 잘 드는 부엌칼로 2밀리 두께로 얇게 저민다. 모두가 "와아" 하고 감탄하는 표정을 상상하며 큰 접시에 담는다.

"자, 어서 드세요."

다섯 시간을 들여 만든 요리는 아니지만 나름대로 피로를 느낄 정도의 시간을 들여 완성한 차슈는 역시 5분 만에 사라졌다. 하지만 이런 것이 나의 행복이라고 느낀다.

맛있는 음식이나 새로운 요리를 접하면 '이 요리는 어떻게 만드는 걸까?' 하고 궁리한다. 그러던 어느 날, 누구에게 묻지 않아도 내가 이미 많은 것을 알고 있다는 사실을 깨달았다. 까마득히 어린 시절부터 먹었던 요리는 손쉽게 만들 수 있다. 요리를 잘하게 된 이유는 집안 내력이라는 둥, 어릴 때부터 단련된 미각 덕분이라는 둥 여러 이야기를 듣지만, 사실은 내가 단순히 모두에게 사랑받고 싶은 마음이 강한 아이였기 때문이라는 사실도 깨달았다.

지금도 내가 만든 음식을 먹은 사람이 맛있다고 즐거워할 때나, 요리 교실에서 배운 음식을 집에서 만들었더니 가족들이 좋아했다는 이야기를 들을 때가 가장 좋다. 왠지 그런 이야기를 들으면 매번 눈물이 날 정도로 기쁘다. 이런 터무니없는 일이 요리의 즐거움 아닐까.

행복을 맛보여주는 기쁨

두 아들은 일본의 외할아버지가 만들어주는 디저트를 무척 좋아한다.

"엄마, 내 생일에 딸기 시럽 뿌린 요구르트 케이크 만들어달라고 외할아버지한테 전화하자."

이런 부탁은 귀여운 일본어로 말하는 작은아들. 아이들이 어릴 때는 여름방학 때 일본에 갔다. 일본의 여름 축제나 불꽃놀이, 학교 수업에 수영 시간이 많아지는 7월의 학교 생활을 체험하게 하고 싶었다. 하지만 아이들이 고학년이 되고 나서는 최근 몇 년간, 무더운 도쿄의 여름보다 기후가 온난한 설날에 맞추어 일본에 간다. 게다가 설날 휴일에 가는 편이 크리스마스 선물에 세뱃돈도 받을 수 있고, 크리스마스와 설날의 '외할아버지표 만찬'이 기다리고 있다. 12월 28일이 생일인 작은아들은 생일 선물로 외할아버지의 수제 생일케이크도 먹을 수 있으니 어린 마음에는 그편이 더 기쁠 것이다.

하네다 공항에서 외할아버지 댁에 도착하면 아무리 밤이 깊었고 오느라 지쳤어도 아이들은 먼저 냉장고 문에 손을 뻗는다.

"손부터 깨끗이 씻어야지."

외할머니가 말할 틈도 없이 냉장고 문을 연다. '나 여기 있어' 하듯 냉장고 밖으로 튀어나올 기세인 디저트. 외할머니가 슈퍼에서 사 온 요구르트, 색색의 젤리, 플라스틱 컵을 뒤집어 바닥에 붙어 있는 손잡이를 누르면 컵 아래에 있던 캐러멜 부분이 위로 가서 예쁘게 흘러내리는 캐러멜 푸딩, 우유 푸딩 등 마치 슈퍼의 디저트 코너 같다. 게다가 안쪽에는 랩에 싸인 외할아버지의 수제 푸딩과 진짜 자몽을 잘라 만든 새콤달콤한 자몽젤리가 빽빽이 들어차 있다. 아이들은 곧바로 자기가 좋아하는 디저트를 꺼내어 하나씩 먹는다.

"애들이 다 먹기 전에 나도 하나 먹어야지."

"너도 이제 엄마인데 아직 애 같은 소릴 하니."

어머니께 엄마로서의 자각이 없다는 소리를 들으면서도, 이 순간만큼은 '나도 여기선 딸인데 뭐' 하며 내가 가장 좋아하는 자몽젤리를 꺼낸다.

아이들은 일본 외할아버지 댁에 있는 동안 언제든지 자기가 좋을 대로 냉장고에서 디저트를 꺼내 먹을 수 있다. 그래서 입이 짧은 둘째는 식사를 거르게 된다. 서울 집에 있을 때는 "밥부터 먹지 않으면 푸딩은 안 줄 거야. 안 돼, 안 돼!" 하고 아들에게 히스테리를 부리지만, 일본 친정에서는 아무래도 좋다.

둘째가 자기 생일 선물로 만들어달라고 한 요구르트 케이크는 플레인 요구르트와 우유, 생크림, 설탕, 젤라틴, 레몬만 있으면 간단히 만들 수 있는 디저트다. 내가 운영하고 있는 요리 교실에서도 단골 메뉴로 등장하는데, 한국 슈퍼에서 파는 시판 요구르트가 필요 이상으로 달아서 그런지 단맛을 억제한 아버지의 요구르트 케이크는 수강생들에게도 인기가 좋다. 소량의 당분이 포함되어 있긴 하지만, 단맛이 없는 플레인 요구르트가 레몬향이 희미하게 느껴지는 파티셰의 디저트 같은 요구르트 케이크로 변신하는 것에 다들 놀란다. 집에 가서 곧바로 아이들에게 만들어줄 거라고 눈을 빛낸다. 그런 수강생들의 표정을 보면 언어는 별게 아닌 것처럼 느껴진다. 대학에서 언어학을 전공하긴 했지만, 말로 하는 커뮤니케이션은 미각으로 모든 것이 전달되는 요리를 능가할 수 없다.

서울 집에서도 자주 만드는, 캐러멜이 듬뿍 들어간 푸딩. 요리 교실에서도 가끔씩 메뉴에 넣는데, 요구르트 케이크에 비하면 평판이 별로다. 수강생들 말로는 단순히 '설탕이 든 달걀찜' 같다고 한다. 달걀찜은 한국식 아침식사 메뉴를 짤 때면 나도 반드시 메뉴에 넣지만, 푸딩은 역시 푸딩이다. 훌륭한 디저트이지 달걀찜이 아니다. 스페인 요리에서도 푸딩은 '플란Flan'이라고 하는 대표적인 디저트고, 이탈리아나 프랑스에서도 어른, 아이 할 것 없이 모두 좋아하는 디저트다. 그런 푸딩이 모욕을 당한 것 같아서 마음이 조금 상했다. 여하튼 푸딩은 요리 교실에서 모처럼 알려주어도, 집에 가서 복습해보지 않고 파일 한쪽 구석으로 밀려나는 레시피 중 하나로 전락한다.

이런 경우도 있었다.

냉장고에 커스터드
푸딩이 열 개 있어도
하루 만에 다 없어진다.

"전에 푸딩을 만들어봤는데, 아이들이 불평하더라고요. 달걀찜 같은 게 달다니 이상하다고요."

"저런, 그러셨어요……."

"그래서 말이죠, 모처럼 푸딩용 단열용기를 산 김에 캐러멜 대신 단열용기 바닥에 참기름을 잔뜩 넣고, 그 위에 달걀 푼 걸 넣었어요. 그리고 푸딩처럼 오븐에 넣어 찌고 좀 식힌 다음 접시 위에서 뒤집으니 푸딩처럼 위쪽이 캐러멜 색깔이 나는 달걀찜이 완성됐어요!"

"네……."

아무 말도 할 수 없었다. 하지만 그걸로 되었다고 생각했다. 만든 사람보다 먹는 사람이 행복해야 진짜 요리니까.

깊은 소스 팬에 설탕과 물을 넣고 약불에서 보글보글 10분 정도 끓인다. 냄비 속의 설탕과 물이 살짝 탄 듯한 달콤한 냄새가 가볍게 풍기면서 갈색의 캐러멜로 변한다. 불을 끄면 그때부터 긴장되는 순간이다. 물을 살짝 넣으면 얼굴이나 손에 튈까 봐 걱정되는, 하지만 상쾌하게 들리는 치이이익 치이이익 소리를 내며 캐러멜이 완성된다. 캐러멜을 직사각형 내열유리 용기에 옮기고, 캐러멜을 끓이는 동안 만들어둔 바닐라에센스 향의 푸딩 달걀 액을 그 위에 붓는다. 예열해둔 오븐에서 35분간 가열하면 아이들이 좋아할 푸딩이 완성되는데, 수강생들의 반응은 요구르트 케이크만 못해서 조금 슬펐다.

우리 아들들의 평가는 더 냉정하다.

"역시 엄마 푸딩보다 외할아버지 푸딩이 더 맛있어."

아부를 모르는 아이들이다. 아버지의 레시피를 보면서 똑같이 만들었건만, 아버지가 만든 푸딩의 깊고 진한 맛은 나지 않는다. 재료라고 해봤자 달걀, 우유, 설탕뿐인데, 역시 아버지처럼 요리의 정도를 걸어온 프로 중의 프로에게는 이길 수 없다.

요리 교실을 시작한 뒤 최근 몇 년간 일본 친정에 갈 때마다 '아버지의 맛'을 전수받는다. 머무르는 짧은 기간 동안 필사적으로 아버지와의 요리 수행에 힘쓴다.

"그렇게 발등에 불 떨어진 것처럼 배워서야 언제 몸에 배겠니."

어머니께 꾸지람을 들으면서, 너무 늦었다고 후회하면서 아버지께 배울 수 있는 것은 다 배우자고 다짐했다.

이탈리아 피렌체에 있는 '리스토랑테 에노테카'의 오너 셰프 애니 페올데Annie Féolde는 1945년생이다. 얼마 전 우연히 일본TV 다큐멘터리에서 보았는데, 지금도 피렌체 본점에서 수많은 셰프를 지휘하고 있었다. 그녀는 이탈리아에서 미슐랭 별 세 개를 획득한 최초의 여성 셰프다. 집안이 호텔업에 종사했고, 할머니도 요리사로 요리 DNA를 이어받았다는 애니. 요리는 독학으로 배웠으며 어릴 적 꿈은 스튜어디스였다고 한다. 서적을 통한 철저한 연구를 토대로 하는 그녀의 열정과 상상력이, 오랜 파트너와 함께 시작한 작은 레스토랑을 세계적인 유명 레스토랑으로 키웠다. 많은 스태프를 거느린 애니는 아마도

하루 중 몇 시간만 주방에서 보내겠지만, 식재료는 전부 자신의 눈으로 확인하고 산다.

애니 페올데는 예순일곱. 1934년생인 아버지는 올해로 일흔여덟. 아버지의 스승인 고故 무라카미 노부오 셰프는 백 살 가까이 될 때까지 거의 매일 임페리얼 호텔의 부엌에서 일하셨다고 한다. 사람의 인생이란 앞으로 어떤 일이 일어날지 모르는 거겠지만, 인생을 백 살로 놓고 보자면 나도 지금부터 유럽 요리 학교에서 공부를 새로 시작해도 좋을 것이다. 예순이 되어 환갑을 맞이하면 말쑥한 레스토랑을 여는 것도 좋지 않을까.

지금 가능한 일부터 차근차근 꿈을 실현하자. 요리하는 행복, 누군가 내 요리를 먹는 행복을 앞으로도 계속 느낄 수 있다면 꿈은 실현될 것이다. 요리 교실에서 맛있는 음식을 함께 배우고, 만들고, 먹는 일. 아주 잠시라도 좋으니 맛있는 음식과 만난 행복을 맛보여주는 기쁨. 남편과 아이들이 나의 요리를 정신없이 먹을 때의 즐거움. 다섯 시간을 들여 묵묵히 만든 요리가 5분 만에 없어질 때. 이런 일들이 지금의 내게는 요리를 하게 하는 원동력이니까.

삼겹살 화이트스튜

1 채소는 각각 한 입 크기로 잘라둔다. 삼겹살도 갈비찜 크기로 자른다.

2 소금, 후추로 밑간을 한 삼겹살을 식용유를 두른 프라이팬에 표면이 갈색이 될 때까지 굽는다.

3 냄비에 육수를 붓고 삼겹살을 넣고 끓인다. 거품을 제거하면서 중불로 10분 정도 끓인다.

4 와인, 당근과 월계수 잎을 넣고 5분 정도 끓인 다음, 양파와 감자를 더하고 뚜껑을 닫은 뒤 약불로 10분 더 끓인다.

5 그동안 화이트소스를 만든다. 냄비에 버터를 녹이고 밀가루 를 넣어 가볍게 볶는다. 우유를 조금씩 부어가며 섞는다.

6 화이트소스를 **4**의 냄비에 붓고 우유로 농도를 조절하면서 소금, 후추로 간을 한다.

7 마지막에 미리 삶아둔 무와 완두콩(브로콜리)을 넣고 한 번 더 끓이면 완성이다.

재료 4인분
삼겹살 덩어리 600g
당근(큰 것) 1개
양파(큰 것) 2개
감자 4개
무 5cm
양송이 4~6개
완두콩(혹은 브로콜리, 살짝 데치기) 1컵
닭 육수 600~800ml(혹은 물 600~800ml에 고형 수프 스톡 1개 를 넣어도 된다)
화이트와인 1/2컵
우유 2~3컵
버터, 소금, 후추, 월계수 잎

화이트소스 재료
버터 30g
밀가루 30g
우유 2컵 정도

카르보나라

1 올리브 오일을 두른 프라이팬에 판체타가 갈색이 될 때까지 볶는다.
2 볼에 달걀노른자를 풀고 생크림과 파르메산 치즈를 더한다. 소금, 후추로 간한다.
3 스파게티 면을 삶는다.
4 스파게티를 건져서 2의 볼에 넣고 섞은 뒤 판체타를 더한다.

재료 4인분
스파게티 면 400g
달걀노른자 4개
판체타 혹은 베이컨 150g(깍둑썰기)
올리브 오일 1큰술
생크림 1/2컵
파르메산 치즈 1/2컵
소금, 후추

마제스시

1 스시용 밥을 준비한다. 쌀을 씻고 소쿠리에서 물기를 뺀다. 밥솥에 쌀, 청주 1큰술, 다시마를 같이 넣고 30분 정도 둔다. 이 상태로 밥을 찐다. 배합초는 유리나 도자기 볼에 식초, 소금, 설탕을 넣어 잘 섞어 만든다.

2 채 썬 채소와 유부, 양념장을 냄비에 넣고 15분 정도 조린다.

3 밥이 되면 뜨거울 때 노송나무 등으로 만들어진 넓은 그릇에 밥을 붓고 배합초를 전체적으로 뿌리고 뒤섞는다. 이후 충분히 식힌다.

4 2의 채소 조림도 함께 섞고 그 위에 준비한 해산물을 장식한다.

5 마지막에 달걀지단과 한 입 크기로 썬 아스파라거스를 얹는다.

재료 4인분

스시용 밥 : 쌀 2컵, 청주 1큰술, 다시마 6~7cm

배합초 : 쌀 식초 3큰술, 소금 3/4~1작은술, 설탕 1큰술, 미림 1큰술

양념장 : 다시 국물 1.5컵, 청주 2큰술, 설탕 1큰술, 간장 1큰술, 소금 1/4작은술

유부 2~3장

연근 1/2개(채 썰기)

당근 1/2개(채 썰기)

표고버섯 5~6개(채 썰기)

양념된 장어, 손질한 연어알, 데친 새우나 문어 등의 해산물

소금물로 데친 아스파라거스

달걀지단

갈비찜

1 소갈비는 찬물에 20분쯤 담가 핏물을 뺀다. 끓는 물(4컵 정도)에 청주와 대파, 통마늘을 넣고 15분쯤 삶은 뒤 2cm 간격으로 칼집을 낸다.

2 갈비를 삶은 국물은 면 보자기로 걸러 깨끗한 국물만 받는다.

3 볼에 갈비 양념 재료를 담아 고루 섞어 양념장을 만든다.

4 냄비에 삶은 갈비를 담고 양념장을 2/3쯤 넣어 고루 버무린다. 육수 2컵을 넣고 중불에서 서서히 끓인다.

5 무와 당근은 밤톨 크기로 썰어 모서리를 둥글게 깎고, 표고버섯은 기둥을 뗀 후 반으로 자른다. 밤은 껍질을 벗기고 은행은 기름을 조금 두른 팬에 소금을 넣고 볶아 키친타월로 문질러 속껍질을 벗긴다.

6 달걀은 흰자와 노른자를 나눠 지단을 부치고 골패형으로 썬다.

7 갈비가 무르게 익으면 삶은 무, 당근을 넣고 표고버섯, 남은 양념장을 넣어 약불에서 서서히 찐다.

8 갈비와 채소에 고르게 맛이 들면 접시에 담고 위에 지단을 뿌린다.

재료 4인분
소갈비 1kg
청주 2큰술
대파 1뿌리
마늘 6개
무 10cm
당근 1개
표고버섯 8개
밤 8개
은행 8알
지단(달걀 1개 분량)

양념장 재료
간장 6큰술
배(간 것) 2/3컵
설탕 1큰술
꿀 2큰술
다진 파, 마늘 각 2큰술
참기름 1큰술
깨소금 1큰술
소금, 후추

베트남식 돼지 바비큐

1 모든 재료를 볼에 넣고 잘 섞은 뒤 돼지고기에 발라서 2~3
시간 냉장고에서 재운다.
2 숯불이나 오븐 그릴에서 잘 구운 다음, 땅콩소스나 월남쌈
소스에 찍어 먹는다.

땅콩소스
땅콩버터 1큰술, 다진 마늘 1작은술, 고추장 1작은술, 돈가
스소스 2큰술, 레몬즙 1작은술, 설탕 1작은술을 볼에 넣고
잘 섞는다.

월남쌈 소스
피시소스 1/2컵, 다진 마늘, 붉은 고추 1작은술, 설탕 1컵, 식
초 1/2컵, 끓인 물 1컵, 레몬즙 1개를 볼에 넣고 잘 섞는다.

재료
돼지목살 500g
다진 양파 2큰술
다진 마늘 2 작은술
꿀 2큰술
설탕 3작은술
후추 1/4 작은술
땅콩소스
월남쌈 소스

매리네이드

양고기 매리네이드 양고기 갈비 8조각 분량
올리브 오일 2큰술, 시나몬 파우더 1작은술, 코리앤더 파우
더 1큰술, 다진 마늘 1큰술, 레몬즙과 껍질 1개, 플레인 요거
트 6큰술을 볼에 넣고 잘 섞은 다음 양고기를 담근다.

소고기 와인 매리네이드 스테이크용 소고기 1kg 분량
올리브 오일 4큰술, 레드 와인 4큰술, 다진 양파 1개, 마늘 2
쪽, 소금, 후추, 다진 허브 여러 가지를 볼에 넣고 잘 섞은 다
음 소고기를 담근다.

채소 매리네이드 여러 가지 채소 1kg 분량
올리브 오일 4큰술, 마늘 2쪽, 레몬즙 3큰술, 식초 3큰술, 소
금, 후추, 여러 가지 다진 허브를 볼에 넣고 잘 섞은 다음 손질
한 채소를 담근다.

나폴리식 피자

1 큰 볼에 강력분과 박력분을 넣고 가운데를 움푹 판 뒤 이스트와 꿀을 넣는다. 주변에는 소금을 뿌려 섞이지 않게 한다.

2 1의 구멍에 미지근한 물을 반 컵 붓고, 집게손가락으로 저으면서 섞는다.

3 소금을 섞어둔 부분에도 물을 부어 섞고, 나머지 물을 모두 부어서 가운데 부분과 함께 전체적으로 섞어 반죽한다.

4 조리대에 밀가루를 뿌리고 반죽을 올린다. 두 손에 교대로 체중을 실어서 반죽을 누른다. 6~8분 정도 반죽하면서 반죽의 표면이 매끈해지면 둥글게 모양을 잡는다.

5 볼에 올리브 오일을 적당히 바르고 4의 반죽을 넣고 올리브 오일을 묻힌다. 볼에 랩을 씌우고 따뜻한 곳에 둔다. 두 배 이상 커질 때까지 2시간 정도 발효시킨다.

6 그동안 토마토소스를 만든다. 냄비에 토마토 통조림 2캔과 소금을 넣고 양이 절반이 될 때까지 중불로 조린다.

7 5의 반죽을 손으로 눌러 가스를 빼면서 반으로 뜯고, 다시 반으로 뜯어서 4조각을 만든다.

8 밀가루를 뿌린 조리대에 반죽을 놓고 밀대와 손으로 얇게 민다.

9 피자 판에 밀가루를 뿌리고 반죽을 올린다. 올리브 오일 1큰술과 토마토소스를 순서대로 둥글게 발라준다. 그 위에 모차렐라 치즈와 기타 토핑을 올린다.

10 210~220℃로 예열한 오븐에서 10~12분 동안 굽는다.

재료 지름 24cm 피자 4판
강력분 350g
박력분 150g
인스턴트 드라이 이스트 1과 3/4
 작은술
꿀 1/2작은술
미지근한 물 1.5컵
올리브 오일 50ml
소금 1.5작은술

토핑 재료
피자용 모차렐라 치즈 500g
고르곤졸라, 생 모차렐라 적당히
바질, 루콜라, 페페로니, 로스햄, 안초비, 방울토마토, 블랙 올리브 등

차슈

1 돼지고기를 통째로 실로 묶는다.
2 달군 프라이팬에 올리고 표면만 갈색이 나도록 굽는다.
3 양념간장 재료를 모두 넣고 양념간장을 만든다.
4 큰 냄비에 고기와 양념간장을 넣고 끓인다. 끓을 때까지 센 불로 한 후, 약불로 줄인 뒤 뚜껑을 살짝 덮어서 40분 정도 더 끓인다.
5 차슈 소스 재료를 모두 섞어서 살짝 끓인다. 완성된 소스에 차슈를 찍어 먹는다.

재료 4~6인분
돼지고기(목살) 1~1.5 kg

양념간장 재료
진간장 100ml
미림 100ml
일본식 육수(다시) 100ml
생강 20g
마늘 20g
설탕 50g
대파(파란 부분) 5~6개

차슈 소스 재료
청주 1큰술
진간장 2큰술
식초 3큰술
케첩 4큰술
설탕 5큰술
물 6큰술

요구르트 케이크

1 젤라틴 페이퍼를 물에 담근다.

2 냄비에 우유와 설탕을 넣고 약불로 데운다. 설탕이 녹으면 체에 받쳐 물기를 뺀 젤라틴을 넣고 계속 저어준다. 젤라틴이 녹으면 불을 끄고 식힌다.

3 큰 그릇에 요구르트, 레몬즙, 강판에 간 레몬 껍질을 넣고 **2** 의 재료를 넣어 섞는다.

4 다른 그릇에 **3**을 체에 내려서 식힌다.

5 생크림이 너무 딱딱해지지 않도록 7부 정도로 휘핑크림을 만든 다음, 조금 끈끈해지면 여기에 휘핑크림을 붓고 섞는다. 장식용 그릇에 재료를 담아서 모양이 잡힐 때까지 냉장고에 넣어둔다.

6 완성된 케이크에 초콜릿 소스 혹은 딸기 소스 등을 얹거나, 따로 낸다.

재료 지름 20cm 기준

**젤라틴 페이퍼(2g) 5장(없으면 분말
젤라틴을 이용한다)**
플레인 요구르트 500ml
우유 100ml
설탕 150g
레몬 1/2개
생크림 200ml

커스터드 푸딩

1 캐러멜을 만든다. 내열 용기에 설탕1/4컵을 넣고 약불에 올린다.

2 용기를 흔들면서 조금씩 태운다. 절대로 스푼이나 젓가락으로 섞지 않는다.

3 전체가 진한 갈색이 되면 불에서 내린다.

4 볼에 달걀과 설탕을 넣고 거품기로 섞는다.

5 우유를 조금씩 더해 섞고 바닐라에센스도 넣는다.

6 **3**의 용기에 달걀 물을 붓고 170℃에 예열해둔 오븐에서 30~40분 정도 찐다.

7 상온에서 식힌 뒤 냉장고에 넣어 차게 한다.

8 기호에 따라 캐러멜을 뿌린다.

재료 3~4인분
우유 2컵
달걀 4개
설탕 70g
바닐라에센스 조금